해외생활들

들
시
리
즈
——
05

해외생활들

내 나라를 떠나 사는 것의

새로움과 외로움에 대하여

이보현

지음

꿈꾸는인생

돌아와서야 보이는 것들

그것은 존재했다.

_롤랑 바르트

한국에 돌아온 것을 후회하지 않는다.

한국행이 결정되고 미국 도서관에서 인수인계하던 때였다. 지나가던 한국인 가족이 한국으로 돌아간다는 이야기를 들었다며 인사를 건넸다. 그때 들은 말은 조심히 돌아가란 게 아니라 "한국으로 가게 되어 안타깝고 불쌍해서 어떡해요"였다. 한동안 나는 나의 귀국이 '안타깝고 불쌍한 일'일 수도 있다는 생각이 들었다. 망설였다. 흔들리기도 했다. 그때였을까. 남편이 마음을 못 잡는 나에게 이런 말을 했다. "내 나라에서 내 부모 곁에서 내 나라 음식 먹고 내 부모 언어 쓰면서 살고 싶다."

당연하게 들리는 그 말에는 묘한 힘이 있었다. 그때부터 나는 친구들에게 '한국으로 간다'는 말 대신 '내 나라로 돌아간다'라고 했다. 한국으로 돌아오는 과정에서 납득하거나 타협하기에는 어려운 지점들이 있었지만, 누군가 내게 한국에 돌아온 것을 안타깝고 불쌍한 일이라 한다면 이제는 그에 반박할 이유를 열 개 이상 가지고 있다. 분명한 건 그 이유들은 모두 한국에 돌아와서 보고 들은 것들로부터 비롯되었다는 사실이다.

다시 만난 내 나라 문화와 내 부모의 언어는 그 존재만으로도 큰 위로이자 모든 것의 동기가 되었다. 한국에 돌아온 지금, 나의 해외생활들이 더욱 각별하고 소중해지는 것은 돌아와서야 비로소 보이는 것들 때문은 아닐까. 해외생활을 이어 가면서 이 글을 썼다면 나는 '해외생활들'이란 이름을 붙이지 못했을 것이다. 돌아오지 않았더라면

나는 내가 넉넉하게 누린 것들에 이름을 붙이지 못했을
것이다.

회화와 사진의 차이에 관한 미술평론가 장정민의 글을
읽은 적이 있다.

> 우선 사진으로 재현된 대상은 '과거 어느 순간 분명히
> 카메라 앞에 존재했던 실재'이다. 회화도 대상을 최대
> 한 실제와 가깝게 재현할 수 있지만, 그것은 화가가 '대
> 상 앞에 실제로 존재했었음을 증명할 수 없다'는 점에
> 서 사진과 근본적으로 다르다.
> ──장정민, 『사진이란 이름의 욕망 기계』, p25[이안북스(IANNBOOKS), 2018]

20대 초반에 시작한 독일 유학 생활, 20대 후반 독일 연
구소 생활, 30대 초반 유럽 곳곳에서의 생활, 30대 중반
결혼 후의 미국 생활 그리고 귀국에 이어지는 생활까지.
10년이 훌쩍 넘는 생활을 정리한다기보다는 나의 2, 30대
를 보낸 타국에서의 조각들을 증명해 보고 싶었다. 과거
의 어느 순간에 나의 해외생활이 실제로 존재했음을, 그
리고 그 실재들 앞에 내가 분명히 존재했음을 증명하고
싶은 마음에 쓰기로 했다. 오직 나만이 증명할 수 있는 일

이다. '증명'이란 말을 붙이기에는 아주 조그마한 실재들이지만 흘려보내기에는 그리 하찮지 않은 것들이라 붙잡아 본다.

사진처럼 장면으로 한 컷 한 컷씩 남아 있는 그날의 그 사람들과 그 사물들을 한곳에 모아 본다. 그 실재들에 기대고 빚지어 성장했던 내가 이제야 그들을 불러내고 그들과 나를 증명하는 시간을 갖는다. 나는 이제서야 그 실재들 앞에 증인으로 서 있다. 나 역시 그때 그곳에 있었음을 실재들이 살아 증명해 주고 있다. 사진기의 필름을 꺼내어 한 장 한 장 소중하게 인화해 본다. 인화된 사진들이 담긴 책이다. 단지 글로 풀어놓았을 뿐이다. 인화된 활자들이 말해 준다. 그것은 존재했다.

| 목차 |

· 단행본은 『 』, 작품명은 「 」로 표시했다.
· 시리즈 제목에 맞춰 '해외생활'로 붙여서 표기했다.
· 외국어는 번역을 넣은 것도 있으나, 글의 흐름에 따라 생략하기도 했다.

언제든 돌아갈 수 있는 나라를 떠올리며

해외생활을 하는 이가 있고,

돌아갈 수 없는 나라를 기억하며

해외생활을 하는 이가 있다.

우리의 해외생활은

다르고 또 닮아 있다.

들 어 가 기 에

앞 서

한 사건이 있다. 내가 겪었고, 누군가도 겪은 일이다. 해외
에서 인종차별을 당하는 일. 지나가다가 욕설을 퍼붓고
손가락으로 눈을 찢어 보이며 조롱한다든지, 아무렇지 않
게 다가와 주먹을 휘두르기도 하고, 아니면 식당에서 아
무도 주문을 받으러 오지 않는 그런 일들 말이다. 워낙에
예민한 성격이라, 이틀이면 날려 버린다는 친구와 달리
나는 꼬박 열흘이 지나고 나서야 겨우 털어 낼 수 있었다.

힘겹게 일상으로 돌아갔지만, 잊히기 무섭게 같은 일이 또 일어난다. 어떠한 사건이 반복되면, 그것이 곧 생활이 된다. 해외여행에서는 하나의 해프닝으로 받아들여질 일이, 해외생활에서는 일상의 일부로 받아들여진다. 그래야만 한다.

해외여행자의 설렘으로 타국에 들어섰다. 하지만 해외생활은 해프닝이 아니라, 언제든 또 일어날 수 있는 가능성과 연속성을 지닌 사건들로 이루어진 것을 곧 알게 되었다. 물론 좋은 일도 그렇다. 우연히 마주친 선한 사람이 삶을 나누는 친구가 되기도 한다.

이 글은 여행자가 아닌, 생활자의 이야기이다. 현지의 정보를 전달하는 부분이 부족할 수 있다. 장기간 해외에 거주하다 보니, 해외생활의 기술적인 부분이 이미 일상화되었기 때문이다. 따라서 이 책에는 타지로 잠시 여행을 떠나는 이들에게 도움이 될 만한 팁이 담겨 있지 않다. 다만, 타국의 생활을 꿈꾸는 이라면 꼭 알아 두어야 할 이방인 감정 관리법을 언급하고 있으니 생활자들에겐 다소 도움이 될지도 모른다.

저마다의

해외 생활이

있다

독일에서 처음 맞는 방학에 한식당에서 주말 아르바이트를 했다. 사실 유학 초기의 계획에는 없던 일이었다. 방학 때 한국에 들어가 가족들과 시간도 보내고 미처 못 들고 온 옷가지도 챙겨 오려고 출국길에 미리 왕복 비행기 표를 끊은 터였다. 영어 수업만 믿고 시작한 첫 학기에 독일어로 뭇매를 맞으면서, 유학길에 오르며 품고 온 거대한 자신감은 바닥으로 내동댕이쳐졌다. 읽기를 겨우 하던 밑

바닥의 독일어 실력으로 고된 학교생활을 시작한 첫날, 강의실 복도에서 울면서 한국행 비행기 표를 취소했다. 방학이 시작되면 한국 방문 대신에 바로 어학원부터 끊어 부족한 언어를 올려놓아야겠단 생각이 들었다.

어학원과 일대일로 나의 과제를 봐 줄 튜터를 찾던 때에 철학과 선배가 자신의 아르바이트 자리를 주었다. 방학 때 한국에 들어가야 하는 사정도 있었고, 돌아와서도 박사과정 논문으로 바쁠 거라며 나에게 넘겨준 것이었다. 인터뷰만 통과하면 바로 다가오는 주말부터 일할 수 있는 자리였다.

선배가 알려 준 주소로 찾아가기에 어렵지 않았다. 들어서자 텅 빈 식당을 보고 잠시 주춤했지만, 곳곳에 쓰인 한국어와 김치 냄새가 깊게 밴 공기에 곧 편해졌다. 사장님으로 보이는 분이 국자를 들고나와서 물었다.

"오늘 인터뷰 보러 온 학생인가요?"

"네."

떨리는 마음으로 대답했다.

"앉아요. 에이치투오 마실래요?"

사장님은 의자를 당기며 물었다.

"네?"

나는 알아듣지 못하고 되물었다.

"하 쯔바이 오 안 마실 거예요?"

사장님도 되물었다.

"네, 괜찮습니다."

에이치투오(H_2O), 물을 말하는 거였다(보통은 독일어로 'Wasser, 바써'라고 한다). 내가 못 알아듣자 독일 알파벳 독음(하 쯔바이 오)으로 되물었던 것이다. 나중에 안 사실이지만, 70년대 독일에 파독 간호사로 들어와 그대로 정착한 분이었다. 간호사로 일하며 쓰던 용어가 익숙해서 식당을 운영하면서도 여전히 병원언어를 쓰고 있었다. 가끔 손님이 들어오는 것을 확인하고는 "환자 왔어요. 빨리 주문받으세요"라고 할 때도 있어 피식거리면서 주문을 받기도 했다.

'물'을 알아듣지 못해 물 한 잔도 마시지 못하고 인터뷰는 바로 시작되었다. 내가 받은 첫 질문은 이러했다.

"전공이 법학이라고 들었어요. 지금 쓰고 있는 논문의 주제는 뭐죠?"

"네?"

예상했던 질문이 아니라 적지 않게 당황했다. 서빙할 때 실수하지 않을 독일어 실력이나 이전의 아르바이트 경험을 물어볼 줄 알았는데, 예상을 크게 빗나가는 물음이라 대답을 어떻게 해야 할지 망설였다.

"그 선배 학생은 하이데거Martin Heidegger에 대해서 박사 논문을 쓰고 있다고 하더군요. 아주 흥미로워요. 그렇지 않나요?"

6, 70년대 서울 말투로 사장님은 질문을 이어 갔다.

"아, 네."

아마 하이데거에 관한 몇 가지 이야기를 나누고 인터뷰를 마쳤던 것 같다. 돌아오며 선배에게 전화를 걸었다. 선배는 인터뷰 질문이 대수롭지 않다는 듯 말했다. 주말마다 법학에 관해 물을지도 모르니, 상냥하게만 설명하라는 조언이 이어졌다.

바로 아르바이트를 시작했다. 금요일은 오후 5시, 토요일은 오후 3시에 맞춰 출근해 금, 토 모두 밤 11시에 마감하고 12시까지 청소를 한 후 퇴근하는 일정이었다. 오전에는 어학원에서 수업을 듣고, 이후 도서관에 가서 다음 학기에 쓸 전공 책을 한 글자씩 뜯어 찾아보고 옮겨 적고 외우는 과정을 수백 번씩 되풀이하다 식당으로 갔다. 식당에 도착해서는 먼저 테라스에 테이블과 의자들을 깔고, 다시 실내로 들어와 매장 청소를 하고, 음료를 냉장고에 채우고, 주방에 들어가 양파, 당근, 버섯, 무, 가지를 썰고, 식기 세척기에서 건조된 그릇들을 꺼냈다. 대충 오픈 준비가 끝나면 사장님은 2유로짜리 동전 세 개를 주면서 길 건너 베이커리에서 크루아상 세 개를 사 오라 했다. 보통의 크루아상보다 크기는 작지만 버터 향이 더 진한 크루아상이었다. 사 온 크루아상을 그릇에 옮기고 커피 두 잔을 내려 사장님을 부른다. 그때부터 손님이 오기 전까지 잠깐의 휴식이 주어진다. 한 개씩 크루아상을 먹고 간혹 여전히 배가 고프다 하면 사장님은 나머지 크루아상 한 개를 반으로 나누어 내 그릇에 올려 주었다. 아니면 마감하는 시간에 내 가방 위에 남은 한 개를 두고 가곤 했다. 사장님은 늘 크루아상을 한 쪽씩 뜯어 우유를 부은 커피에 찍어 먹었는데 얼마 지나지 않아 나도 따라 하게 되었다. 그 모습을 지켜보던 사장님은 옆집 베이커리보다 길 건너 베이커리의 크루아상이 맛있다고 속삭였다.

"프랑스 커플들이 잘 만들어."

그리고 늘 내 전공과 관련된 질문이 이어졌다. 처음엔 '쉽게 풀어 설명해야 하나' 하며 조심스러워했지만 괜한 걱정임을 곧 알았다. 어느새 자연스럽게 국제법과 관련된 사례들도 덧붙여 설명하게 되었다. 어색했던 시간이 점차 편해지자, 나도 사장님에게 이것저것 묻곤 했다. 당신의 독일 정착기와 파독 간호사 시절에 대해서.

주말 아르바이트는 고된 노동이었다. 한 시간에 5유로를 받았는데, 손님이 팁을 넉넉히 주는 날엔 하루에 50유로를 받았고 손님이 적은 비 오는 날이나 추운 날에는 겨우 3유로를 팁으로 받았다. 몸으로 받는 노동의 무게를 감당하기 힘들었다. 하지만 그보다 무거운 건 독일어로 손님의 주문을 받아야 하는 언어의 무게였다. 메뉴 앞에 적힌 번호로 주문하는 손님이 오면 한숨을 돌렸으나, 메뉴 추천을 부탁하거나 음식 설명을 원하는 손님이 오면 얼굴부터 빨개졌다. 주문받은 메뉴를 주방에 알려 주면서도 혹시나 제대로 받지 못한 건 아닌지 떨렸고, 다시 가서 손님에게 확인하는 것도 독일어가 부족하다는 걸 보여 주는 것만 같아 창피했다. 가족 단위로 오는 경우, 어린아이들을 대신해서 주문하던 부모에게 아이의 성별을 잘못 언급하는 실수를 한 적도 있다. '그'에게 혹은 '그녀'에게. 별것도 아닌 그 대명사가 왜 그리 입에 붙지 않던지 바로잡아 주는 손님에게 "죄송합니다"를 고개 숙여 말하며 심장이 얼마나 떨렸는지 모른다. 기본적인 대명사일지 모르나 한국어와 다르게 단어가 성별의 '격'을 지니고 있으니 그리

간단하지 않았다. 독일어 대명사로 무척이나 애를 먹었다. 어학원에는 내가 어떤 발음을 하든지, '그'를 '그녀'라고 부르고 '그녀'를 '그'라고 불러도 다 이해하는 강사가 있었다면, 식당에는 나의 어색한 발음을 이해 못 하는 손님들뿐이었다. 또 이해를 바라지 않는 내 자존심도 큰 문제였다.

사장님에게 독일어 공부에 관한 조언을 구하기 시작했다. 70년대 파독 간호사로 건너온 사장님의 공부법이 궁금해졌다. 사장님은 당시에 독한사전 하나가 간호사복 주머니에 딱 들어갔다면서, 그 사전 하나를 이리 뒤지고 저리 뒤지며 외우고 또 외웠다고 했다. 환자에게 손가락으로 물건을 가리켜 단어를 익히고, 한글로 발음을 적고, 점심시간에 다시 사전에서 독일어 단어를 찾아 온종일 입으로 소리 내며 연습했다고. 사장님은 언어 문제와 인종차별로 힘들었던 때에 유일하게 위로가 되어 준 편지 이야기도 해 주었다. 한국에서 온 편지는 화장실에서 읽었다. 자존심에 눈물 흘리는 걸 독일인 간호사들에게 보여 주고 싶지 않아서였다. 그리고 한국으로 보내는 답장에는 소설처럼 꾸민 이야기를 적었다고 했다. 바나나를 먹어 봤다고, 빵과 잼이 얼마나 맛있는지, 공부할 수 있는 야간 대학교도 너무나 좋다고, 병원 시설이 정말 훌륭해서 의대를 갈 걸 그랬다는 농담도 적어 보냈다. 그렇게 버텨 낸 세월에서 언어도 스스로 성장했다고 했다.

첫 방학의 6주, 열두 번의 주말 아르바이트가 바란 만큼 독일어 실력을 높이 끌어올려 주진 못했다. 여전히 책을 펴면 한숨부터 나왔다. 모르는 단어만 하루 종일 찾다 보니 전자사전의 배터리 수명이 급격히 줄었고, 종이 사전은 접힌 부분이 많아 늘 입을 벌리고 있었다. 사전의 흔적만큼 나의 독일어 실력도 짙어졌으면 좋았겠지만, 교수님 앞에서 다시 벙어리가 되고 수업 시간에는 공중으로 날아가는 단어들을 한국어로 옮겨 가며 붙잡느라 애꿎은 연습장만 짙어졌다. 그래도 달라진 것은 있었다. 첫 학기에는 자전거 위에서 소리 내어 꺼이꺼이 울면서 집으로 갔다면, 6주 방학을 가진 후에는 집으로 가는 자전거 위에서 독일어 단어를 외치며 달리기 시작했다. 6주의 방학, 6주의 아르바이트가 독일어 능력 향상은 아닐지라도 나에게 변화를 준 건 분명했다.

학기 중에도 주말 아르바이트를 하기로 했다. 학기 중이라도 포기해선 안 될 것이 바로 아르바이트라는 생각이 들었다. 가끔은 주말 아르바이트가 기다려지기도 했다.

한 주의 내 학과 공부를 사장님에게 설명하고 싶었고, 수업 시간에 단어들이 귀에 들려오기 시작했다고 자랑도 하고 싶었고, 학교에서의 사소한 에피소드들을 재잘재잘 말하고 싶었다. 때론 교수님 흉도 보고 독일인 동기들이 얄밉다고 한탄도 했다. 억울하다 울 때도 있었고 쑥스럽게 자랑할 때도 있었다. 그때마다 사장님은 귀엽게, 때론 자랑스럽게 나를 바라보며 토닥였다.

다음 해에는 1년간 해 오던 주말 아르바이트를 그만두었다. 가끔 뜨끈한 순두부찌개가 먹고 싶을 때면 점심시간에 찾아가곤 했지만, 주방에서 바삐 움직이는 사장님에게 말을 걸 순 없었다. 내 마음을 읽으셨는지 식당의 휴무일에 맞춰 사장님이 간혹 학교 앞 카페로 찾아와서 크루아상을 사 주곤 했다. "여긴 크루아상이 맛이 없어"라고 속삭이면 나는 "프랑스 커플이 하는 곳이 아니라서 맛이 없어요"라고 웃으며 대답했다. 독일어가 속도가 붙어 늘고 있었고 마음의 여유가 생기던 때였다. 웃을 수 있었다. 해외생활의 1막이 순조롭다고 여겨지는 때가 지나가고 있었다.

그다음 해, 칠순을 맞은 사장님 생일잔치에 일일 일손

으로 초대를 받았다. 운영하는 식당에 가족과 지인들을 초대해서 대접하고 싶다고 하시며, 주문한 음식을 홀로 나르는 일을 부탁했다. 다른 지역에서 차를 몰고 온 사장님 지인들은 대부분 파독 간호사로 건너온 사람들이었다. 오랜만에 모인 그 자리에는 '언니야'와 '누구야'라는 정겨운 한국말들이 오갔다. 김밥과 잡채에 갈비까지 풍성하게 준비된 식사가 끝나고, 이 자리의 주인공인 사장님에게 보내는 편지를 돌아가며 읽기 시작했다.

"언니야, 나는 내 오빠들이랑 엄마 아부지 잘 살게 할라고 왔다고 했어. 언니는 다섯 동생 잘 살게 할라고 왔다고 했어. 우리는 다섯 해만 보내다가 다시 한국에서 만나자고 했어. 우리는 여전히 여기에 있어. 나도 하얗게 셌고 언니도 하얗게 셌어. 우리가 다섯 해만 살고 한국에서 만나자고 했는데. 언니도 나도 하얗게 세어서 여기에 있어. 언니야, 생일 축하해. 우리 한국에서 꼭 만나자."

그 자리에 있던 모든 사람이 울었다. 나도 주방에 주저앉아 울었다.

언어가 익숙해졌다고 해서 정착한다는 의미는 아니다. 해외에 짐을 풀고 살아가기 위한 수많은 조건 중에 언어는 고작 작은 조각일 뿐이다. 유학은 오롯이 나의 선택이었고, 운이 좋아 부모님의 도움을 받았고, 시절의 도움으로 인터넷과 좋은 언어 교재를 쓸 수 있었다. 나의 해외생활은 그렇게 시작점이 달랐다. 늘 감사하게 생각하지만 그렇다고 나의 감사가 누군가의 힘든 세월에 비교되어 더 안락함을 주는 것 또한 아니다. 그저, 모국이 아닌 해외에 머물고 있는 사람들이 저마다의 이유로 오늘도 살아감을 기억하려고 한다. 누군가는 언제든 돌아갈 수 있는 나라를 떠올리며 해외생활을 하고, 누군가는 돌아갈 수 없는 나라를 기억하면서 해외생활을 한다는 사실을 그날의 기억으로 품었다.

양념 치킨이

알려 준

한국 생활

한국에 짐을 풀고 가장 먼저 배달시켜 먹은 음식은 양념 치킨이다. 뉴욕 32번가의 치킨집에서 한 손에 치킨과 맥주를 들고나오는 관광객들을 보았을 때부터였을까. 유명 드라마에서 우아한 여주인공마저 홀리게 만든 '치맥'이라는 말이 나오고, 그 '치맥'이 독일 베를린^{Berlin}과 미국 한인 타운에서도 한국의 고유 음식 문화처럼 비추어졌을 때부터였을까. 나는 한국에 들어가면 꼭 제일 먼저 치킨을 먹겠다고 다짐했다. 치킨집에 전화를 걸었다. 너무나도 설레는 마음으로 물었다.

"양념치킨 한 마리 배달되나요?"

"빨리 주소 말하세요."

돌아온 사장님의 대답은 차디찼다. 주소를 또박또박 두 번을 되풀이한 나는 치킨집 사장님의 급하고 차가운 목소리에 살짝 풀이 죽었다. 그래도 한 시간도 안 되어 도착한 뜨끈뜨끈한 양념치킨 앞에서 곧 기분이 풀렸다.

그렇게 기대에 부풀었던 양념치킨인데 남편과 한 조각을 겨우 먹었다. 어릴 적 먹었던 장모님 댁, 새의 이름을 달고 있는 통닭집의 달콤한 양념이 아닌 알싸하고 매운맛이 올라왔다. 양념 통닭에 익숙한 우리에게 양념치킨은 예상치 못한 고난을 주었다. 신라면도 겨우 먹는 남편과 나는 어릴 적에 먹었던 치킨 맛은 이렇지 않았다며 치킨 한 조각에 우유 한 팩을 번갈아 비우면서 토로했다.

'양념이 없는 치킨을 시킬 걸' 후회하며 남은 음식을 정리하려 할 때, 매운맛만큼의 장벽이 높은 문제에 부딪혔다. 쓰레기 처리를 어떻게 할 것인지. 음식물 쓰레기봉투와 일반 쓰레기봉투를 두고 남편과 고민에 빠졌다. 일단 뼈는 일반 쓰레기봉투에 넣으면 되지만, 우리가 다 먹지 못한 치킨은 살과 뼈를 분리해 배출해야만 할 것 같았다. 남편이 위생장갑을 끼고 싱크대에서 뼈와 살을 분리하는 동안, 나는 옆에서 유튜브 영상을 보며 음식물 쓰레기 배출법을 찾았다. 음식물 쓰레기봉투에 들어갈 것은 동물의 사료로도 쓰이니 채소, 과일과 같은 동물이 먹을 수 있는 음식물을 넣어야 한다는 것이었다. 양념치킨의 양념은 동물이 먹을 수 없으니깐 그럼 다시 양념을 분리해서 일반 쓰레기봉투에 넣고, 양념이 없는 살은 어느 봉투에 넣어야 할지 도저히 감이 오지 않았다. 결국 양가 부모님께 전화를 걸었다. 돌아오는 답은 핀잔이었다.

"참 답답하다. 둘 다 별거 아닌 일에 왜 유연성 없이 애쓰고 있니? 어휴."

그렇게 기대하고 먹고 싶었던 양념치킨은 주문부터 뒷정리까지 녹록지 않았다.

남편이 새벽 5시에 일어나 출근 준비하는 게 익숙해질 무렵에 미국에서 컨테이너에 실은 짐들이 한국에 도착했다. 기다렸던 커피 머신을 꺼내 전압 110V를 220V로 바꾸는 변압기에 연결하면서 문득 양념치킨을 시키던 그날이 생각났다. 그리고 그날의 기억을 다시 한 번 정리해 보았다. 한국에서는 이미 배달 앱이 배달 수단으로 자리 잡은 지 오래고, 전화를 걸어 주소를 두 번씩이나 말하는 손님이 바쁜 배달 시간에 방해가 되었을 것이다. 양념치킨 앞에서 설레던 나와 달리, 치킨집 사장님은 배달 피크 타임에 걸려 온 전화 주문이 그리 반갑지는 않았을 거란 이해가 생기기 시작했다. 배달 앱으로 편의점의 초코바까지 배달시킬 수 있는 한국 사회에 입성한 사실이 그제야 와닿았다.

미국에 도착해 공항 근처 한인 식당에서 사 온 신라면으로 남편과 콜록콜록 기침하며 매운맛을 삼키던 때가 있었다. 익숙했던 라면에도 콧물을 흘리며 '매운맛에 멀어져 생활한 지 꽤 되었구나' 생각했다. 다시 맛본 양념치킨도 그와 같았다. 익숙하고 그리웠던 양념치킨이었는데, 어린 시절의 달디단 그 맛이 아닌 알싸하고 매콤한 어른의 맛이었다. 매운맛을 맛의 기호로 삼는 한국의 음식 문화에도 곧 익숙해져야 하는 것을 느꼈다. 결국, 한국 입성의 매운맛일지도 모른다는 생각과 함께.

남은 치킨을 들고 쓰레기봉투 앞에서 어리바리하던 나에게 '유연성 없다'고 핀잔을 놓은 부모님이 조금은 이해가 되었다. 변압기처럼 바뀐 세상에 맞춰 스며들어야 하는데, 이전 세상에서 배운 기준만을 고집하고 있었으니 말이다. 오랜 시간 해외에서 생활한다는 건 분명 쉬운 일이 아니었다. 그럼에도 큰 탈 없이 학생으로, 연구원이자 환경 운동가로도 살아갈 수 있었던 이유는 머물던 국가만의 '스탠다드' 덕분이었다. 익숙해져 버린 그 스탠다드로 인해서 한국에서 또다시 흔들거림을 겪게 될지도 모른단 생각이 들었다.

커피 머신을 연결한 변압기가 큰 소리를 내며 돌아가자 피식 웃음이 났다. 국가를 옮겨 다닐 때마다 전자기기의 변압을 확인하던 일들이 떠올랐다. 변압이 같아도 커넥터의 개수가 다르고 위치도 살짝 차이가 있어서 따로 들고 다녀야만 했던 돼지코들이 생각났고, 몇 달 전의 미국의 공기와 해외생활을 시작했던 독일의 해 질 녘이 그려졌다. '징~' 울리는 변압기의 진동 속에서 나의 해외생활들이 눈앞에 나타난 것이다. 모국생활이 첫 해외생활처럼 낯설기만 하고 좀처럼 익숙해지지 않았다. 오히려 울고 소리 지르며 버텨 낸 해외생활이 그리워지기 시작했다. 그렇게 해외생활의 그리움이 쌓이는 만큼 한국생활의 익숙함도 늘어나지 않을까. 오늘도 변압기를 올렸다 내리며 먼 그곳을 떠올린다.

오늘을
_____

                살게
_____

하는 말
_____

결혼식을 올리지 않았다. 지금 같은 코로나 시대에는 이
해될 부분이지만 결혼식을 올리지 않겠다고 가족에게 선
포하던 때에는 집안 어른들의 반대가 거셀 수밖에 없었
다. 결혼식을 올리지 않고 혼인 신고만 하면 분명히 나에
게 문제가 있는 것처럼 보이거나, 결혼하는 상대에게 사
연이 있어 보인다는 이유였다. 하지만 결국은 우리가 원
하는 대로 결혼식 없이 혼인서약만으로 남편과 나는 한국

과 독일 두 정부가 인정하는 법적 부부가 되었다.

혼인 서약은 우리가 머물던 독일에서 했다. 한국에서 친정 엄마가 와서 혼인 서약식의 증인이 돼 주었다. 마냥 설레고 들떠 서약서에 서명하던 우리와 달리 엄마는 계속 손수건으로 눈물을 닦았다. 고이 키운 외동딸에게 하얀 드레스를 입혀 보지 못하고 시집보내야 하는 엄마는 분명 서운하고 아쉽고 또 아팠을 것이다. 여전히 그날의 혼인 서약을 떠올리면 엄마가 손에 쥐고 있던 연한 살구색 손수건이 생각이 난다.

엄마는 우리의 생활을 지켜보고 필요한 물건들을 사 주면서 일정을 다 보냈다. 공항에서 한국으로 돌아가는 엄마를 배웅하는데, 남편이 화장실에 간 사이에 엄마가 내 두 손을 꼭 잡고는 말했다.

"잘 살아라. 엄마는 그거 하나면 된다. 버티지는 말아라. 이 좋은 세상에 버티는 것처럼 바보 같은 건 없다. 힘들면 다 버리고 다시 시작하면 돼. 행복하게만 살아라. 엄마는 그거 하나면 된다."

법대를 나와선 고시 공부를 하지 않고 유학길에 오른다고 했던 날, 가족들은 큰소리를 내며 반대했다. 여자를 서울로 대학 보내는 것도 큰일이었고, 교대나 사대가 아닌

법대에 보내는 것도 모험이었는데, 인제 와서 고시를 포기하고 유학하려 한다며 모두 무섭도록 반대를 하고 나섰다. 그럼에도 '여자인' 내가 유학길에 오를 수 있었던 건 엄마의 지지 덕분이었다.

비가 유독 많이 내리던 날에 나는 독일행 비행기를 탔다. 인천공항으로 배웅 나온 엄마와 마지막에 함께한 식사는 그릇을 다 비우지도 못했다. 나를 쳐다보지 못하고 남긴 음식만 쳐다보며 그날 엄마는 이렇게 말했다.

"훨훨 날아가라. 너는 훨훨 날아라. 엄마가 날 수 있게 다 해 줄게."

딸에게 훨훨 날아가라며 배웅한 엄마였다.

버티지 말라는 말을 들은 그날은 유난히 밤이 깊었다. 힘든 유학 생활 동안 나를 지탱했던 엄마의 말이 떠올랐고, 앞으로 다시금 나를 지켜 낼 엄마의 말들이 그 밤에 남았다.

한국에 도착한 엄마는 문자를 보내왔다. 책상 위 책 사이에 봉투를 끼워 뒀으니 신혼여행 갈 때 쓰라는 내용이었다. 드레스 입은 사진은 없어도 신혼여행 사진은 꼭 남겨 두라며 하와이에 갔다 오는 건 어떻겠냐고 덧붙였다. 결혼식을 올리지 않겠다고 고집 피울 때 사실 엄마한테는 미안한 마음이 컸기에 하와이 비슷한 곳으로라도 신혼여행을 가야겠다고 생각했다.

남편과의 일정 조율이 어려워 신혼여행을 꽤 오래 미뤘다. 혼인 서약식 이후 1년이 훌쩍 지나서야 신혼여행을 갔다. 신혼여행지는 뮌헨München의 '과학박물관'이었다. 엄마가 바라던 하와이가 아니었다. 남편의 말대로라면 "유럽에서 가장 큰 과학박물관으로 너무나 오랫동안 가 보고 싶었던 곳"이자 "사랑하는 사람과 가고 싶은 장소"였다. 엄마의 당부가 떠올라 마음이 무겁기도 했지만, 당시에는 남편의 바람이 더 크게 들렸다. 과학박물관은 둘째 날 개관 시간에 맞춰 들어갈 일정으로 잡아 놓고, 하루 전날 저녁에 뮌헨에 도착했다. 기차 안에서 간단하게 끼니를 해결한 탓인지 도착하자 배가 고팠다. 숙소에 짐을 풀고 바로 일본 라멘을 먹으러 가자고 했다.

짐을 풀고 옷을 갈아입고 있을 때 남편이 TV 앞에서 소리쳤다. 다급한 소리에 가 보니 뉴스에 테러 현장이 나오고 있었다. 남편의 아연실색한 표정을 보며 테러 현장에 누군가 있는 것을 알았다.

"누구야?"

남편이 떨리는 손으로 전화를 걸며 말했다.

"J. 오늘 파리로 콘서트 보러 갔어. 지금 콘서트장에서 테러가 일어났대."

J는 남편의 오피스 메이트이자 우리의 친구였다. 지난 만남에 휴일에 맞춰서 파리에 콘서트를 보러 간다고 말했던 것이 떠올랐다. 소름이 끼쳤다. J는 전화를 받지 않았고 보낸 메시지는 계속 읽지 않음 상태였다. 두려움이 몰려왔다.

언젠가부터 유럽 사람들의 일상에 테러가 불쑥 쳐들어왔고 그게 내 일이 될 수도 있다는 공포가 몸으로 느껴지게 되었다. 옆 나라에서 일어난 테러가 어느 날엔 옆 도시에서 일어났다. 그리고 그다음 날에는 옆 동네에서 일어났다는 소식을 들었다. 우리는 모두 남의 일이 아닌 나와 내 가족의 일이라고 생각하며 서로를 위해 기도했다.

뉴스 속에서는 처참한 테러 현장만이 나오고 있었다. 콘서트장 무대에 올라 무자비하게 총을 쏘는 테러범과 소리치며 도망치는 사람들의 영상이 하나둘 전해지고 있었다. 아무것도 할 수가 없어 "어떡해"만 작게 소리 내며 안절부절못하고 있을 때, 남편한테 J의 소식이 도착했다.

'대피소에 있어. 친구와 무사히 대피소에 왔어. 내 옷에

피가 흥건해.'

남편이 주저앉았다. 그 옆에 앉아 나는 울었다. 다행히 우리 친구에게는 아무 일도 일어나지 않았다고 감사해했다. 곧 뉴스에서 가족을 잃은 사람들의 울부짖는 인터뷰가 나오자 슬픔도 공포도 함께 왔다. 그날 저녁은 숙소에서 조용히 쉬자고 남편과 얘기하고는 밤새 J와 문자를 주고받으며 안도하고, 다른 피해자들을 생각하며 슬퍼했다.

예정대로 다음 날 과학박물관 개관 시간에 맞춰 들어갔다. 물리부터 신소재까지 다양한 주제를 담은 코너를 지나가면서 남편은 하나하나 나를 위해 설명했다. 원리와 과정, 공식 그리고 의미까지 설명하는 의기양양한 표정에 나도 모르게 웃음이 나왔지만 크게 웃지 못했다. 전날 밤의 일 때문인지 서로 말을 삼키며 박물관을 관람했다. 평소대로라면 재잘재잘하며 장난도 쳤을 텐데, 말을 아끼게 되었다.

폐관 시간에 맞춰 나와 전날 못 먹은 일본 라멘을 먹으러 뮌헨의 중심가로 나갔다. 뮌헨의 중심가는 휴일을 즐기는 사람들과 관광객들이 가득했다. 버스킹하는 가수는 시원한 목청으로 고음을 냈고, 유명 맥줏집은 줄 선 사람들이 길을 막았고, 백화점 쇼윈도의 화려한 장식 앞에서 사람들은 사진을 찍었다. 시끌벅적하고 음악이 흘러나오는 그곳을 지나면서도 남편과는 아무 말 없이 걸었다. 라멘 가게에 도착해서야 남편과 하루 동안 삼킨 이야기들을 꺼냈다. 피가 흥건한 테러 속에서 살아남은 친구의 시간을 힘들지만 기억해 냈다. 누군가는 즐거이 찾아간 콘서트장에서 이유도 없이 죽음을 보았고, 누군가는 죽었다. 그 시간에 누군가는 웃으며 가족을 만나고 친구를 만나고 여행을 간다. 그 무서운 사실 속에서 우리가 집중해야 할 것은 무엇인지 남편과 이야기했다. 우리에게 주어진 시간과 지금 바로 옆에 있는 사랑하는 이들을 위해서 우리가 가져야 할 태도에 대해서도 나눴다. 분명 행복한 신혼여행이었지만 무겁기도 한 시간이었다.

그해 겨울, 독일의 크리스마스마켓에서 친구들과 만나 글뤼바인*을 마셨다. J도 함께했다. 그날 이후 J는 잠깐의 휴식을 가지고 일상으로 복귀했지만, 여전히 의사와 상담을 이어 가고 있었다. 폭죽 소리에도 공포가 오고, 떨쳐 버리지 못한 악몽의 시간이 불쑥 일상에 찾아온다고 했다. 글뤼바인을 마시자는 말은 사실 핑계였다. J가 홀로 공포

---

* Glühwein, 크리스마스 시즌 음료. 겨울에 독일 사람들은 와인을 따뜻하게 데워 마시며 건강을 기원한다.

의 시간을 갖지 않길 바라는 마음에 친구들이 불러낸 것이었다. 따뜻한 군밤을 파는 가게에서 넉넉히 봉투 가득 사와 친구들에게 건넸다. 행운을 건네는 간절한 마음이 전해졌을지도 모른다.* 그해 겨울 우리는 모두 그런 마음이었다.

다음 장소로 이동하면서 J와 단둘이 걷게 되었다.

"나는 네가 함께여서 좋아. 고마워."

울음을 참고 J에게 말을 건넸다.

"고마워."

J는 이어 조심스레 말했다.

"이게 날 구했어."

휴대전화를 내밀며 나에게 말했다.

"이게 날 구했어. 분명해. 가족들과 친구들이 나에게 말을 걸었어. 무서운 그 순간에. 나는 그래서 살았던 거야."

J를 그날 밤 살려낸 것은 가족과 친구들의 말이었다.

호주 출신인 J가 연구를 하기 위해 독일로 왔다. 휴일을 맞아 파리에 공연을 보러 갔고, 그날 죽음을 보았다. 그리고 그날 J는 사랑하는 이들의 말로 살아남았다.

---

* 크리스마스마켓에서 나누는 모든 물건과 음식이 축복과 행운을 의미한다.

유학 온 지 6개월이 지났을 때였을까. 자전거를 타고 학교에 가던 길에 뒤에서 자전거로 쫓아오던 누군가에게 뒤통수를 세게 맞았다. 고개를 들 새도 없이 쏟아지는 욕을 들었다. 아시아인이라는 이유로 온갖 욕을 듣고 길가에 서서 멍하니 눈물만 흘렸다. 다시 자전거를 돌려 집으로 향했다. 그리고 바닥에 누워 아무것도 못 하고 며칠을 보냈다. 늦은 저녁, 도서관에서 나와 집으로 가던 길에 다섯 명의 남자들이 다가와 입에 담지 못할 말로 모욕하며 깔깔거렸다. 죽을 수도 있겠다는 공포가 몰려오자 웃음이 나왔다. 나의 멍청한 웃음을 본 남자들이 사라진 후 나는 그 자리에 앉아 벌벌 떨었다. 그런 날에는 아무것도 할 수 없다. 그저 누워서 울 뿐이다. 그때마다 나를 밖으로 꺼낸 건 친구들의 말이었다. 그 사람들을 대신해 사과했고, 나를 위로했다.

그날의 말들이 그날의 우리를 살게 했고, 오늘의 나를 살게 한다. 해외생활을 하는 사람들은 오늘을 살려내는 말을 마음에 하나씩 품고 산다. 그 사람들은 오늘도 그 말들을 또 다른 상황에서 떠올린다. 말이 지닌 힘은 늘 먼 곳에서 증명되는 걸까.

마음으로

듣는다는

것

언젠간 독일에 돌아가 작은 서점을 운영하고 싶다. 꿈이지만 늘 구체적으로 꾼다. 카를스루에^{Karlsruhe}라는 도시에서 운영해야지. 크기는 한 6평 정도여도 충분할 것 같다. 정사각 돌로 깔린 도보 위의 어느 건물 1층이면 좋겠다. 꼭 테라스에 철제 테이블 한 개를 놓고 벤치도 옆에 둘 거다. 누구든 앉아 가라고 써 놔야지. 이색적으로 '독일어책'은 없는 독일서점을 운영해야지. 한국어, 영어, 불어, 일본어, 중국어로 된 서적만 팔아야지. 꿈을 남편이랑 나눌 때면 나도 모르게 목소리가 높아지고 생기가 돈다.

왜 독일이냐고 묻는다면, 독일에 빚을 지고 살았기 때문이라고 말할 것이다. 인종차별이 분명 존재하는 곳이었지만, 단 몇에 의한 차별일 뿐이었다. 언제나 독일인과 동등한 기준에서 평가되었고 기회가 주어졌다. 학비도, 교통권 지원도, 학생생활비 지원 신청도 독일학생과 같은 서류를 통해 받았다. 물론, 외국인으로서 추가해야 할 부분은 있었다. 보험비 정도였다. 학생비자 신청을 위한 간단한 보험 가입이었을 뿐 차별적인 부분은 전혀 아니었다. 비교적 저렴한 학비를 내고 공부를 하면서 높은 수준의 수업을 들었다. 교수님들에게 도움을 청하면 적절한 피드백이 이어졌다. 학생지원센터 멘토로 만난 독일인 선배에게서도 현실적이고 구체적인 도움들을 받았다. 도움을 청하지 않더라도 친구들의 배려가 곳곳에서 드러났다.

얼마간 독일어가 눈에 띄게 발전하던 즈음에, 살 것 같은 안도감마저 들었다. 당시에 내가 한국에 연락해서 가장 많이 했던 말이 "이제 살 것 같다"였다고 고등학교 친구가 기억해 주었다. 교수님이 바로잡아 주신 논문의 주제를 정확히 이해했고, 함께 수업 듣는 친구들과도 별 무리 없이 대화를 이어 가고 있었다. 언어 문제로 집과 학교만 오가던 나는 주말이면 종종 기차를 타고 베를린을 떠나 주변 도시에 가 보기도 했다. 역에서 내려 생소한 곳의 식당에서 밥을 먹기도 하고, 낯선 곳의 공원을 산책하기도 했다. 작성해야 할 서류도 멘토의 도움 없이 혼자 해서 제출해 보기도 했다. 조금씩 안도감과 함께 자신감도 생겼다.

하루는 중심가의 큰 백화점에서 방학마다 아르바이트를 하는 친구 R을 만나러 갔다. 먼저 도착해서 R을 기다리고 있는데, R이 동료를 데리고 나왔다. R은 동료에게 나를 가장 친한 친구라고 소개했고, 나는 R의 동료인 당신을 만나게 되어 반갑다고 인사했다. R의 동료는 나를 어색하게 쳐다보다 곧 R을 바라보며 어깨를 올렸다 내렸다. 그의 행동이 낯설지 않았다. 독일어를 처음 배울 때 어눌한 나의 말을 듣는 이들의 태도가 보통 그러했다. 이상한 기류가 느껴졌지만, 처음 보는 나를, 더군다나 아시아 여학생을 만나는 게 어색할 수 있다고, 별 뜻은 아닐 거라고 마음을 추스르며 식당으로 자리를 옮겼다.

R은 동료가 주문하러 간 사이에 동료가 점심을 함께 먹

을 사람이 없어서 같이 왔다며 미안하다고 했고, 나는 새 친구를 만날 좋은 기회라며 괜찮다고 했다. 그런데 이상한 점은 점심을 먹으면서 R과 나만 대화를 했다는 것이다. 동료는 그저 식사를 이어 가며 가끔 어색하게 웃어넘길 뿐이었다. R이 식기를 반납하러 간 사이, 동료에게 말을 걸었다. 동료는 한참을 망설이더니 이렇게 말했다.

"미안해요. 나는 당신이 말하는 것을 알아들을 수가 없어요."

너무 충격적이었다. 교수님과 서슴없이 논문 이야기를 할 정도로 독일어가 늘었다고 생각했다. 친구들의 농담에도 타이밍에 맞춰서 깔깔거릴 수 있었고, 그룹 과제를 진행하는 일에도 크게 문제가 없다고 자부했다. '이제 살 것 같다'라는 말을 한국의 친구들에게 보내며 제법 잘 지내고 있다고 생각했다. 그런데 지금 내 앞의 독일인에게서 내 말을 알아듣지 못한다는 말을 들으니 너무나 혼란스러웠다. 그들과 헤어져 역까지 30분 거리를 걸어가다 R에게 문자를 남겼다.

"오늘 내가 네 동료에게 실수를 했나 봐. 미안해."

R은 곧바로 긴 답문을 보내왔다.

"내 사랑 보보(BOBO, 친구들이 나를 부르는 애칭. '현'을 발음하기 어려워 '보'를 두 번 부른다). 나는 네가 어떤 생각일지 알아. 나도 속상해. 유감이야 몹시. 누군가는 너의 발음을 알아듣지 못할 수 있어. 하지만 우리는, 나는 알아들어. 나도 생각해 보았어. 아마 보보의 친구들인 우리는 보보의 말을 마음으로 듣나 봐. 귀보다는 마음. 그 마음이 너에게 전해지길 바라. 월요일에 학교 식당에서 만나."

그 일은, 그리고 R이 건넨 그 말은 여전히 생생하게 마음에 남아 있다. R은 친구로서, 자주 만나는 이로서 내 발음에 익숙해져 내 말을 알아듣는 게 아니었다. '마음으로 듣는다'는 건 그런 것과 다르다. 내 발음을 처음 들어도 한 번에 알아듣는 이가 있는가 하면, 서너 번을 더 만나도 내 말을 어려워하는 이가 있다. 처음에는 나의 독일어를 탓한 적도 있었지만, 인사조차도 알아듣지 못하는 이들을 만나며 단지 언어의 문제가 아니라는 생각이 들었다.

이해 못하는 것이 아니라, 이해하고 싶은 마음이 없는 사람들이 있다. 독일에서뿐만 아니라 스위스, 프랑스, 미국에서도 마찬가지였다. 다가서기가 무섭게 뒷걸음질 치는 사람들에게 말을 걸어 봤자, 그들은 이미 귀를 막고 있을 뿐이었다. 손으로 귀를 막는 것이 아닌, 편견과 혐오라는 감정으로. 이후로도 나의 독일어를 알아듣지 못하는 이를 만날 때면, R의 문자를 떠올렸다.

　연구원인 남편과 미국에서 짐을 풀고 자리 잡은 곳은 비교적 빈부 격차가 없는 경제적으로 안정된 도시였다. 지역 주민의 대부분이 연구소에서 일하는 사람들과 그 가족들이었다. 이 도시의 이미지인 '박사 도시', '과학 도시'처럼 크게 문제가 불거질 만한 사건들도 없었다. 정부 직속 관할 연구소다 보니 정치 이야기는 연구소에서 꺼내선 안 된다는 규칙도 있어서 더욱이 싸울 일이 없었다고나 할까. 마을은 지루하다시피 늘 고요했다. 내 삶도 조용히 큰 요동 없이 이어질 것만 같았다. 착각이었다.

　독일에서 보낸 이삿짐들이 미국에 도착하고 새로운 나라에서 각자 제자리를 찾아가던 때에, 마트에서 냉동 칸의 상품들 위치가 익숙해질 때에, 옆집 이웃들과 작은 대화를 나눌 수 있게 된 때에, 다른 도시로 학회를 떠나는 남편과의 동행이 기꺼워질 때에, 나에게도 작은 시련이 찾아왔다. 미래에 대한 조급함이 밀려왔고 아무것도 하지 않는 삶이 이어질까 봐 공포에 가까운 겁에 질리기도 했다. 불안감이 하루를 잠식해서 쓸데없는 생각들에 온종일 끌려다녔다. 그때 우연히 한 시립도서관 구인 광고를 보게 되었다.

도서관에서 일하기 시작했다. 나의 업무는 국제도서부에서 한국어책, 프랑스어책, 독일어책, 일본어책 등을 펀딩에 맞춰 주문하고 관리하는 일이었다. 펀딩이 들어올 때마다 지역 내 외국인 주민들에게 이메일을 보냈다. 몇 권의 책을 이번 달에 살 수 있으니 모국어로 읽고 싶은 책 리스트를 보내 주면 참고하겠다는 내용이었다. 익숙한 이용자들은 보통 하루 이내로 답을 준다. 답은 간혹 어마어마한 길이로 오기도 한다. 입고를 요청하는 책 목록은 고작 두세 줄이고, 책을 신청하는 이유부터 이곳에 오게 된 사연, 아이들과 여행 다녀온 이야기, 고국의 가족들 소식이 주를 이뤘다. 그런 메일을 읽다 보면 나도 모르게 코끝이 찡해지기도 했다. 나 역시 그들처럼 이방인이기 때문이었을까. 펀딩이 들어왔다는 메일을 보내곤 늘 답을 기다렸던 것 같다.

다른 언어권과 다르게 프랑스어권 책은 펀딩이 적어 일 년에 한 번 정도 입고 신청을 받았다. 펀딩이 적다는 것은 대출 횟수가 적다는 뜻이고, 이는 곧 프랑스어권의 책을 찾는 이가 거의 없다는 것을 말한다. 그러나 절차상 펀딩 금액을 모두 써야 했다. 마을에 수소문해 보니, 프랑스 사람들은 보통 고국으로 돌아가는 경우가 많았고, 자리를 잡고 사는 이가 거의 없었다. 마을에서 20킬로미터 떨어진 곳에 도서관을 이용하는 프랑스 가족이 있다는 소식을 겨우 접하고 메일을 보냈다. 다음 날 답신이 왔다. 연구원인 남편을 따라 이 마을에 정착한 지 10년 정도 된 세 아이의 엄마 M이 보낸 것이었다. 두세 줄의 희망 도서 리스트와 그 서너 배에 달하는 가족 소개로 가득 채워진 메일이었다.

주고받은 메일의 횟수가 많은 건 아니었지만 M이 전한 이야기의 일부분이 기억에 남는다. 세 아이를 키우면서 프랑스어를 사용하는데, 밖에서 아이 친구들의 엄마를 만나 영어를 쓸 때면 자신의 억양과 발음이 신경 쓰인다는 내용이었다. 가끔은 자신의 말을 알아듣지 못하는 사람들도 있다고 했다. 메일로는 알 수 없는 일이었다. 메일의 문장들은 부족함 없는 영어로 완성되었기 때문이다.

한국행을 결정하고 도서관 일을 정리하던 때에 M이 떠올랐다. 떠나기 전에 꼭 전해 주고 싶은 말이 있었다.

"Il y a des gens qui écoutent avec leur cœur(마음으로 듣는 사람들이 있어요)."

마음으로 듣는 사람이 내 말을 들어 준다는 건 참 감사

한 일이다. 마음으로 듣는다는 건, 어눌한 발음이 원어민 발음처럼 들린다는 뜻이 아니다. 또 못 알아듣지만 알아듣는 척 따뜻하게 받아들인다는 뜻도 아니다. 내 앞의 상대가 나에게 전하는 마음을 귀가 아닌 마음으로 받는다는 것을 의미한다. 마음으로 듣는 이가 내 옆에 꼭 한 명은 있을 거라고 조심스럽게 확신한다.

언젠가는 독일에 돌아가 '독일어책' 없는 서점을 운영하고 싶다. 한국어, 영어, 프랑스어, 중국어, 일본어, 아랍어 등의 책들을 가져다 두고 기다리고 싶다. 그리고 창문에 적어 둘 것이다.

There are people who listen with their hearts.

Il y a des gens qui écoutent avec leur cœur.

用心倾听的人.

心で聞く人がいます。

هناك أناس يستمعون بقلوبهم.

마음으로 듣는 사람이 있어요.

J-2 비자

여행 비자와 달리 거주 비자는 받는 것이 까다롭다. 요구
하는 서류가 국가마다 다르고, 제출해야 하는 서류의 언
어도 달라서 준비 기간이 한 달 이상 걸리기도 한다. 간혹,
짓궂거나 기준이 높거나 깐깐한 직원을 만나면 비자청에
서너 번은 더 출석해야 하는 일이 생긴다. 예약이 불가능
한 비자청의 경우, 새벽 5시부터 줄 서서 8시에 주는 번호
표를 받아야 한다. 예상 밖의 서류를 요구받기도 한다. 언

어가 서툴러 통역사를 데려가도 통역사는 밖에서 대기해야 할지도 모른다. 마트에서 내 앞으로 카트를 밀고 오는 독일 사람을 보고 어디에서 봤더라 하다가, 자신의 비자에 도장을 찍어 준 직원임이 생각나 식은땀이 났다는 유학생의 일화는 유명하다. 한국 대사관에서 비자 업무를 봐야 하는 경우에도 안심하기 어렵다. 블로그나 리뷰에 불친절하다고 소문난 그 직원을 만나면 입부터 굳어 버린다. 비자를 받다가 해외생활의 꿈이 단숨에 사라졌다는 이야기는 뜬소문이 아니다. 이처럼 번거로운 절차를 거치고 오랜 기다림 끝에 받은 비자는 나의 신분을 보여 준다. 그리고 역할도 분명히 규정한다.

난생처음 내 손으로 직접 받았던 비자는 싱가포르 교환학생 비자였다. 학교를 다니는 것이 목적인 비자였기에 별다른 어려움은 없었다. 다음으로 받은 비자는 독일 입국을 위한 학생 비자였다. 얼마 안 있어 주급을 받는 아르바이트를 하게 되어, 외국인청에 가서 학생 비자 빈칸에 '임시적 경제 활동 가능'이 적힌 문구를 100유로(한화로 130,000원) 조금 더 내고 추가로 받았다. 취업을 했을 때는 연봉까지 제한하는 좀 더 까다로운 비자를 받아야 했다.

남편이 있는 남부 도시에 머무는 동안은 잠시 아빠의 성last name이 아닌, 남편의 성이 적힌 피앙세 비자로 살았다. 이후 남편과 미국으로 들어가기 위해 독일 프랑크푸르트Frankfurt에 있는 주독미국대사관에 비자를 신청했고, 그때 내가 받은 비자는 'J-2'였다. 알파벳 J는 연구원 학술 비자를 뜻하며, 뒤에 따라붙는 숫자는 나의 역할을 의미한다. J-1비자를 받은 남편에 내가 귀속된다는 것.

미국에 도착해서 휴대폰을 개통하기 위해 대리점을 찾아갔을 때, 내 비자로는 불가능하다는 것을 알게 됐다. J-1비자를 갖고 있는 남편이 함께 가서야 휴대폰 개통이 가능했다. 일을 하려면 J-1비자를 가진 남편이 동행해서 신원 보증을 해야 했고, 계약 절차도 상당히 번거로웠다. 외국인이라는 이유로 직업과 근로 계약에 차별을 받는 것이 아니라, 뒤에 따라붙는 숫자가 철저히 나의 기회를 박탈하고 있는 것만 같았다. 새로운 대륙에서의 정착이 불안해지기 시작한 것도 J-2비자가 갖는 제약들이 눈에 들어오면서였다.

오랜 시간 글을 쓰고 싶다는 생각을 했다. 미국에 머물면서 책을 내고 싶다는 생각이 가장 간절했던 것 같다. 그때 나는 'J-2비자를 받은 사람들'에 대해 쓰고 싶었다. 주로 연구를 목적으로 미국에 오는 학자들의 가족 이야기를 들려주고 싶었다. 당시만 해도 그 이야기를 담은 책은 없었고, 겨우 웹툰 한 편을 찾을 수 있었다. 미국 도서관에서 함께 일하는 오스트리아인 동료에게 이런 책을 내고 싶다고 말하자, 독일어로도 번역해서 내줄 수 있냐며 간절한 눈빛을 보냈다. 그 동료도 J-2비자로 왔음에 틀림없다. 단 몇 마디에도 J-2비자로 타국에서 생활하는 이를 감별할 수 있다. 물론, 그 존재를 알아차린 순간 세 시간 이상의 하소연이 이어질 건 각오해야 한다.

남편은 좋은 조건으로 국립 연구소에 입성했다. 단지 연구원 자격만이 아니라, 경쟁률 100:1을 뚫고 수십만 달러의 연구비를 지원받는 펠로우까지 받았다. 남편을 만나기 전부터 독립적으로 내 일을 했던지라, 결혼 후의 독일 생활 역시 서로의 영역이 분명했다. 각자의 일을 하면서 분리된 공간에서 결혼 생활을 유지해 왔다. 그런데 미국에서는 현실적으로 그럴 수가 없었다. 마치 갓 결혼한 부부가 처음 생활을 함께하는 것처럼 매일 서로 부딪혔다. 나는 늘 싸움 끝에 나의 비자를 들먹이며 J-2처럼 살 생각은 없다고 울었다. 나도 내 일을 할 거라며 흐느꼈다. 지나고 나서야 그날들의 싸움은 오롯이 남편과 나를 비교하는 질투심에서 비롯된 것이었음을 알았다. 나는 미국에서의 생활을 엉망인 마음으로 시작했고, 그걸 온전히 J-2비자 탓으로 돌렸다.

소도시에는 주립대학교 분교가 있었다. 분교에서 진행하는 클래스를 다니며 국적이 다른 J-2비자 친구들을 만났다. 프랑스에서 정신의학과 의사로 활동했던 M과 폴란드 정부 기관에서 일하다 온 W, 미얀마에서 엔지니어로 일했던 N과 자주 어울렸다. 우리는 'J-2비자를 받고 연구원인 가족을 따라온 사람'이라는 공통점이 있었다. 그리고 나를 뺀 M, W, N 세 명만 지니고 있는 공통점이자 나와는 전혀 다른 점도 하나 있었다. 세 친구 모두 'J-2비자에 대한 우울감'이 없다는 것이었다. M은 의사로 활동한 경력으로 미국의 아프리카계 이주민을 위한 상담소에서 자원봉사를 했다. W는 승마장에서 말을 관리하고 목욕시키는 조건으로 말을 탔고, 가끔은 자신의 승마 이용권을 동네 폴란드계 아이들에게 나눠 주기도 했다. N은 미얀마의 회사에서 일을 얻어 재택근무를 하며 미얀마의 정치 상황을 알리는 번역을 하기도 했다. 매일 울며 나는 이곳에 없는 존재라고 남편에게 투정 부리는 나와 달리, 친구들은 각자의 일을 찾아 살아가고 있었다.

내가 시립도서관 국제도서부에 취직을 하게 된 것은 그 친구들의 영향이었다. 잠시 숨을 고르고 일을 찾는 도중에 발견한 나에게 딱 맞는 자리였다. 독일에서의 지난 나를 떠올리며 불만을 토로할 때는 보이지 않던 일이었다. 도서관에서 일을 하고 대학교 클래스도 들으면서 친구들과 점심시간이나 주말을 이용해 만났다. 나의 변화가 눈에 띄었을까. 친구들은 늘 나에게 일과 책의 힘이 무섭다고 말했다.

어느 순간부터 나는 나의 비자를 떠올리지 않았다. 얼마든지 나를 나아갈 수 있게 하는 것들이 있었다. 큰일이 아니더라도, 해 보지 않은 일이더라도 오히려 나에게 맞는 일이 있음을 알았다. 그 일은 비자에 갇혀 있다면 절대 보이지 않을 일이었다. '나'라는 사람을 규정하는 순간에 사라지는 일들이었다. '나라는 사람은 어떤 사람'이라며 스스로 만든 정의는 무서운 법이다. 오랫동안 내가 만든 틀에 나의 역할과 위치를 끼워 맞추려고 스스로를 괴롭혔다. 그런데 그 틀에서 벗어나니 신기하게도 지난한 괴롭힘이 한순간에 사라졌다.

비자가 명시해 준 나의 역할은 내 마음먹기에 달려 있

는지도 모른다. 물론, 취업과 관련된 일이나 출국 연장과 같은 일은 추가적인 과정을 필요로 한다. 하지만 불가능한 일은 아니다. 주어진 비자 내에서 새롭게 확장할 수 있는 일들을 찾는 것 또한 번거롭긴 해도 불가능하진 않다. 비자의 알파벳과 숫자에서 자유로워지면, 더 많이, 더 넓게, 더 깊이 누릴 수 있는 해외생활이 분명 존재한다.

이제는 더 이상 누군가에 귀속되어 나의 역량을 발휘할 수 없게 만드는 증오의 J-2비자가 아니다. 새로운 일을 할 수 있게 해 준, 나에게 좋은 영향을 미친 친구들을 만날 수 있게 해 준 아주 특별한 비자다. 고맙다, J-2비자.

우리만

알 수 있는

웃픈 포인트

인구 2만 명도 되지 않는 도시는 너무나 평온했다. 지루하다시피 했다. 문을 열면 바람 소리조차 들리지 않았다. 들리는 거라곤 공기 소리뿐이었다. 이해하기 어렵겠지만, 내가 아침저녁으로 들은 소리는 분명 공기 소리였다. 그 작은 도시에 나처럼 J-2비자를 받은 사람들이 많았다.

과학자들이 모여 사는 마을에는 과학자들의 와이프들도 저마다의 생활을 연구하며 살아간다. 2차 세계 대전 당시 핵무기 제작을 위해 만들어진 황무지 비밀 도시를 이렇게 비옥하게 일구어 놓은 건, 과학자들의 천재성이 아닌 함께 지낸 와이프들의 생존력이라고 생각한다. 이 글을 읽는 남편은 분명 반발하겠지만, 내 생각에는 변함이 없을 것 같다.

J-1 과학자들끼리만 통하는 유머가 있다면, J-2비자를 받은 가족들만이 웃을 수 있는 일화도 있다.

일주일에 한 번 미리 정착해 살고 있는 한인 가족들의 초대를 받곤 했다. 모이면 늘 하는 이야기는 박사과정 학생과 연애하는 법, 포닥* 와이프로 살아내는 법, 연구원 와이프로 타지에서 생존하는 법 등이었다. 한 와이프가 연구원 남편과의 웃픈 이야기를 꺼내는 순간 서로 경쟁하듯 자신의 일화가 더 재밌다고 나누었다. 기억에 남는 에피소드가 몇 개 있다.

누구보다도 실험실에서 오래 일하는 박사의 와이프는 대학을 졸업하고 영어학원에서 강사로 일한 사람이었다. 실험실에서 살다시피 하는 남편은 집에 돌아와도 논문만

---

* 박사 후 과정, '포스트 닥터'를 줄여 쓰는 표현

살폈다. 와이프는 어떻게라도 대화를 해 보고 싶어서 남편이 화장실에 간 틈에 논문을 힐끔 보았다. 그리고 남편이 돌아오자 의기양양하게 물었다.

"도대체 'He', 그가 누구야? 논문에 자주 등장하던데, 아주 유명한가 봐."

가만히 듣던 남편이 배를 잡고 웃었다. 남편은 저온에서 헬륨(He)을 측정하는 연구를 하고 있었던 것. 우리는 모두 한바탕 웃었다. 사실 그 일화는 한인 커뮤니티에서 이미 유명한 것이었지만 들어도 들어도 또 웃을 수밖에 없었다. 웃픈 이야기이기에. 연구에 몰두하는 포닥 과정에서 부부가 겪는 일이기에.

이에 질세라 미국에서 아이를 낳은 와이프가 이야기를 시작했다. 박사 남편과 단둘이서 산후조리를 할 수밖에 없는 상황이었다. 남편은 출산 휴가 2주를 받고 부엌일과 집안일을 도맡았다. 밥맛도 좋고, 집 안 정리도 말끔하게 하는 남편에게 고마웠지만 한 가지 불만이 있었다. 식사 준비가 너무 오래 걸리는 것이었다. 하루는 궁금해서 부엌에 내려가 남편을 지켜보기로 했는데 웃지도 울지도 못하는 광경을 마주하고 말았다. 부엌에 비커와 스포이드, 실험용 계량컵과 연구실에서 들고 온 저울이 놓여 있는

게 아닌가.

"중요한 건 여기부터예요. 제가 왜 놀라는지를 남편이 전혀 모르는 거예요."

마치 실험하듯 요리를 하고 있는 남편을 보고 있자니 웃음도 눈물도 났다는 이야기에 듣고 있던 우리는 모두 웃었다. 그리고 함께 울었다.

"언니들 울지 마세요. 저도 눈물 나잖아요. 언니들 혹시 그거 아세요? 청소는 연구실 실험용 알코올로 하는 거? 저희 집 부엌에 실험용 알코올 있잖아요."

듣고 있던 포닥 와이프들은 웃으며 말했다.

"우리 집도 마찬가지야. 실험용 알코올은 기본이지 뭐."

공감하는 누군가가 곁에 있다는 사실이 당시에는 가장 큰 위로였다.

모두 다는 아닐 테지만, 많은 와이프들이 종종 듣는 말은 "남편 따라 해외생활해서 좋겠다"이다. 물론 쉽지 않은 기회이고 특별한 경험인 건 맞다. 하지만 그걸 연구원 남편과 따라간 가족 모두가 만족하는 해피엔딩 스토리처럼 보아도 안 된다. 다른 언어와 문화에 어려움을 겪으며 밤마다 남편 몰래 눈물 흘리는 와이프들이 있다. 알아듣지 못하는 언어로 수업을 진행하는 학교에 바로 적응해야 하는 아이들이 있다. 적응했다 싶으면 한국으로 돌아가야 한다는 부모의 말에 방황하는 아이들도 적지 않다.

한국에 있는 친구들에게 가끔 포닥 와이프들의 일화를 전해 주면 웃을 일인지 울 일인지 알지 못한다. 이 이야기들은 포닥 와이프만이 아는 이야기일 테지. 그리고 웃고 울 수 있는 것도 J-2비자로 들어온 우리들뿐일 것이다.

우리는

노란 얼굴에

까만 머리

8년이 넘는 독일 생활을 정리하고 미국으로 건너가기로 했을 때 이삿짐을 싸는 일보다 버리는 일이 더 많았다. 쓰고 있는 가전제품은 220V였고 새로 짐을 푸는 곳은 110V를 써야 하니 어쩔 수 없는 일이었다. 커피 머신과 토스터기, 전자레인지, 드라이어 등은 친구들에게 나눠 주었다. 전기밥통은 늘 옥탑방에서 새어 나오는 밥 냄새가 좋다며 코를 킁킁거리며 엄지를 세워 보이는 집주인 노부부에게 선물로 주었다. 이렇듯 버리고 나누는 중에 결코 그럴 수 없는 게 하나 있었는데, 바로 '바리깡'이다.

우리가 이삿짐을 정리한다는 이야기를 들은 프랑스 친구가 바리깡을 주고 갈 수 없겠냐고 물었을 때 나는 단호히 말했다.

"Non(안 돼)."

미국에 건너가서 새로 산 110V 바리깡 역시 지금도 갖고 있다. 그 옆엔 프랑스 친구가 탐내던 220V 바리깡이 놓여 있다. 비싼 것도 아니고 유명 축구선수가 광고한 고급 브랜드도 아닌 바리깡을 두 개씩이나 갖고 있는 것은 도저히 버리지 못하기 때문이다. 남편의 해외생활이 담겨 있는 물건이기에 버릴 수 없다.

여전히 나는 커트 정도는 집에서 한다. 앞머리를 자르거나 단발로 머리를 자를 때면 샤워 전에 머리에 물을 묻히고 미용 가위로 쓱싹 자른다. 독일에서 단발로 머리를 자르는 비용은 팁을 제외하고 65유로(한화로 84,500원) 정도다. 파마나 염색은 엄두도 내지 못한다. 학교식당의 점심값이 2유로(2,600원)였으니, 65유로를 웃도는 금액은 유학생에게 부담스런 가격이다. 그래서 늘 살짝 묶일 정도로 유지하고 조금 길면 화장실에서 공작 가위로 싹뚝

잘랐다. 가끔 뒷머리가 심하게 삐뚤어지면 친구가 주말에 집으로 놀러 와서 다듬어 주었다. 나도 친구의 머리를 다듬어 주기도 했으니, 학생들에게는 미용실이 꼭 필요한 서비스는 아니었던 셈이다.

하지만 나와 달리, 남편은 미용실을 이용했다. 남성 커트는 보통 40유로(52,000원) 정도였고, 연구원인 남편의 월급으로는 충분히 서비스를 이용할 만했을 것이다. 결혼 후에도 나는 여전히 화장실에서 머리를 잘랐고, 남편은 한 달에 한 번 동네 미용실을 이용했다.

아무런 문제없이 각자의 헤어스타일을 각자의 방식으로 유지하던 것을 멈추어야 할 때가 왔다. 하루는 동네 미용실에 간 남편이 돌아와 침울한 얼굴로 소파에 앉았다. 커트 후 샴푸 비용을 따로 받는 독일 미용실이었기에 보통은 집에 오자마자 머리를 감는 남편이 소파에 앉은 것이었다. 남편은 새로 온 미용사에게 인종차별적인 소리를 들었다며 깊은 한숨을 내쉬었다. 남편의 머리카락을 자른 미용사는 계속 한숨을 쉬면서 옆의 미용사에게 말했다고 했다.

"이 아시아인 머리카락이 내 가위를 망치고 있어. 이런 두꺼운 머리카락."

늘 영어로 예약하고 서비스를 받는 남편이 독일어를 알아들을 수 없을 거라 생각하며 내뱉은 불만이었을 것이다. 외국어를 하지 못해도 이방인에게는 눈치라는 것이 있고, 생활을 하다 보면 익숙한 단어들이 들리는 때가 있다. 그 단어가 혐오를 담은 단어라면 더더욱 귀에 또렷하게 들린다는 사실을 그 미용사는 몰랐을 것이다. 남편은 그날 오후 내내 힘들어했다. 인종차별을 당하는 동안 자신이 아무런 대응을 못 한 것이 화가 난다고 했다. 바로 그 미용실에 찾아가고 싶었지만 그러지 못하는 나 자신에게 나 또한 분노하고 있었다.

결국 그 사건으로 나는 매달 마지막 주 토요일에 남편을 부엌 거울 앞에 앉히고 바리깡을 잡았다. 처음 남편의 커트를 맡은 날, 벌벌 떨리는 내 손을 남편은 거울을 통해 보았고, 같이 떨었다. 드라마처럼 기적의 헤어스타일이 완성되었으면 좋았겠지만, 층을 엉망으로 내는 바람에 남편 얼굴에 지붕 하나를 올려놓고야 말았다. 뒷머리에 계단 두 칸 정도의 층이 나 버린 것이었다. 나만 아는 비밀에 부쳤지만, 곧 연구소 동료의 칭찬에 남편은 뒷머리 상태를 알아챘다.

"와이프가 아주 똑똑한 걸. 널 못생기게 만들었어. 하하 하하."

매달 마지막 주 토요일을 열두 번 지났을 때, 나는 제법 바리깡도, 미용 가위도 잘 다루는 아마추어 미용사가 되어 있었다. 더 이상 남편이 의심하며 뒷머리를 거울로 보여 달라고 하지 않았다. 시간도 한 시간에서 15분으로 단축했다. 무엇보다 머리를 자르는 동안 우리는 늘 즐거웠다. 그 미용사의 말을 다시 떠올리며 서로를 위로하고, 해외생활의 양면을 기껍게 돌아보기도 했다. 거울에 비친 서로의 얼굴을 보며 나눈 우리의 이야기는 과거를 향하지 않았고 늘 다가갈 미래를 향했다.

나는 여전히 전압이 다른 두 바리깡을 버리지 못하고 있다. 우리가 노란 얼굴에 까만 머리로 살아낸 그 기억을 담은 물건이기에.

해외에서는

뭐든 크게

다가온다

'로켓배송'과 '새벽배송'이란 단어가 익숙하다면 지금 이어질 이야기가 쉬이 다가오지 않을지도 모른다. 언제든 병원에 가서 사소한 알레르기 약부터 다이어트 약까지 쉽게 처방받을 수 있는 한국 생활이 익숙하다면 콧물을 일주일이나 마냥 방치하고 있는 해외에서의 모습이 이해가 안 될 것이다. 참는 것이 아니라, 못 하는 것이다. 아니 해외에선 선뜻 할 수 없는 것들이 있다. 그게 아주 사소한 것일지라도 말이다. 한국에선 아무렇지 않게 이용하고 누리던 것들이 언어가 다른 곳에서는 피하고만 싶은 고난이도 과제처럼 느껴진다.

해외에서 국제 택배를 받는 것은 아주 커다랗고 숙련된 기술을 요한다. 특히, 독일에서는 그렇다. 유학 생활 초반에 친정 엄마에게 부탁한 비자와 관련된 행정 서류를 받을 일이 있었다. 종이 서너 장이 담긴 국제 택배는 여간 신경 쓰이는 일이 아니었다. 국제 택배와 관련된 일화를 너무나 많이 들었기 때문이었다. 먼저는 수신자가 집에 없으면 배달원은 우체국으로 택배를 다시 돌려보낸다고 했다. 또 배달원이 도착할 시간을 미리 알려 주지 않기 때문에 하루 종일, 간혹은 이틀을 집 밖에 나가지 못하고 기다려야 한다고도 했다. 택배를 기다리는 며칠이 긴장의 연속이었다. 사실 서류보다 더 번거롭고 곤란해지는 건 보낸 물품이 음식인 경우였다. 수신자의 부재로 택배를 받는 게 늦어지면 상자 안의 김치는 더운 날에 익어 가고 가끔은 상자 안에서 펑 터지기도 한다는 유학 선배들의 이야기는 겁부터 먹기에 충분했다.

무서운 건 또 있었다. 바로 세관에 걸려 벌금과 세금을 부과하는 일이었다. 기다리는 택배 대신 한 장의 편지를 받게 되는 때가 있다. 한국에서 보낸 택배가 세관에 걸려 있으니 직접 찾으러 오라는 내용이다. 보통 내가 한국에서 받는 택배의 품목은 책과 옷, 음식들이었는데 책이 주로 세관에 걸렸다. 새 책들의 뒷면에 적힌 가격을 다 계산기에 넣고 환율을 따져 내미는 세금은 억울하기도 하고 분하기도 했다. 선물용이라고 말하면 보통은 세금을 면하게 되지만, 까다로운 세관을 만나면 선물이란 말에도 두 배에 가까운 책값을 지불해야 한다. 결국 엄마는 새 책에 밑줄을 긋거나 페이지마다 접어 헌책인 양 꾸며 보냈다. 나는 늘 헌책인 듯 헌책 아닌 새 책을 받아 읽었다.

최악의 경우는 음식물이 세관에 걸리는 것이다. 김치나 젓갈이 들어 있는 택배가 한국에서 보낸 지 일주일이 지났는데도 도착하지 않는다는 건 악몽을 꿀 정도로 무서운 일이다. 세관에서 편지를 보내지 않았는데 미리 찾아가면 소용이 없다. 편지를 받기까지 주말이나 공휴일이 껴 있으면 일주일이 더 걸린다. 2주가 지나 세관에 가면 빵빵하게 부풀어 있는 '우체국' 글자의 상자가 보인다. 보자마자 심장이 두근거린다. 세관원이 빵빵해진 상자를 칼로 뜯으면 올라올 김치와 젓갈 냄새를 내가 감당할 자신이 없다. 솔직히 그 세관원을 쳐다볼 자신이 없어진다. 보통은 인상을 찌푸리며 가져가라고 하지만, 가끔은 봉투 안까지 직접 뜯어 확인하는 세관원도 있다. 나에게 이런 사연을 들은 엄마는 김치나 젓갈의 경우 소량만 담아 열 겹의 비닐봉지를 싸고 플라스틱 통에 넣어 보내 주었다. 독일에서 마지막 택배를 받을 때 즈음에는 빵빵해진 상자를 엑스레이로 한 번 스캔하고 굳이 뜯지 않고 돌려주기도 했다. 내가 독일의 택배 시스템에 익숙해질 즈음 세관원도 내 상자에 익숙해진 건지 모른다.

서너 번의 택배를 받다 보니, 나름의 노하우가 생겼다. 주말을 껴서 보내는 택배는 수신일을 예측하기 어려워서 가능하면 엄마는 월요일 오전에 택배를 발송했고, 나는 독일에서 목요일이나 금요일에 받을 걸 예측할 수 있었다. 수신 시간에 대해서도 이야기하자면, 택배 수신 시간은 보통 8-20시라고 적혀 있다. 12시간을 기다려야 하는 것이다. 이웃집에 초콜릿을 걸어 두고 택배원의 방문 시간을 물어보니 보통 오전 9-10시 사이에 온다는 답을 들었다. 그 말은 맞았다. 이후 나도 새로 온 이웃에게 우편함 앞에서 살짝 알려 주었다.

사정상 택배를 못 받았다면 상자가 다시 돌아간 우체국으로 직접 찾으러 가면 된다. 처음에는 우체국에 가기 전

에 예상 질문과 답변을 독일어로 적어 수십 번 연습까지
했다.

"오늘 여기에 온 이유는 택배를 찾기 위함이에요."

"죄송합니다. 택배를 놓쳤어요."

"택배 쪽지가 말하길, 제가 여기에 와야 한대요."

"택배를 찾아가기 위해 왔는데, 괜찮을까요?"

그러나 연습한 독일어로 말한 적은 없다. 그저 택배 기
사가 남긴 쪽지만 보여 주면 되는 일이었다. 우체국에서
는 나에게 다른 질문을 하지 않는다. 딱 한 마디만 한다.

"ID."

직접 경험해 보기 전에는 사소한 것들이 커다란 부담으
로 그려진다. 막상 겪어 보면 나름의 방법을 찾을 수 있다.
노하우란 어쩌면 몇 번의 경험이면 생기는 여유일지도 모
르겠다.

잊지 않는

두 가지

유학 생활 초창기에 대학교 기숙사 방을 기다리면서 잠시 베를린 남부에 살았다. 베를린 남부는 외국인들이 모여 사는 동네가 많았다. 지하철역에서 집까지 네 블럭을 지나야 했는데, 가는 길에는 터키 비스트로(간이식당), 그리스 잡화점, 중국 식품점, 베트남 레스토랑이 있었다. 베트남 레스토랑에서는 남매가 가게 테이블에 앉아 공부를 하고 있을 때가 많았고, 가끔은 밖에 나와 바닥에 그림을 그리며 노는 걸 보았다. 그 웃음소리가 유난히 듣기 좋은 날, 레스토랑 안으로 들어갔다. 반갑게 맞아 주는 주인 부부에게 쌀국수 한 그릇을 주문했다. 주문을 받은 사장님이 물었다.

"Koreaner?(코레아너?)"

독일어를 잘 못하는 나에게 영어로 한국 사람이냐고 묻는 줄 알았다. 물론, 'korean'이 맞는 표현이지만 독일식 영어로 묻는 거라 생각했다. "Yes!"라고 살짝 크게 대답하며 고개를 끄덕였다. 곧이어 주문한 쌀국수가 나왔다. 고수가 산처럼 잔뜩 올려진 쌀국수였다. 사장님은 엄지를 치켜세우고 웃으며 말했다.

"Koriander!(코리안더!)"

'고수'였다. "고수를 올려 줄까?"라고 물어보는 것을 나는 한국인이냐고 묻는 줄 알았던 것이다. 고개를 격하게 끄덕인 탓에 내가 고수를 좋아한다고 생각한 사장님은 쌀국수 위에 듬뿍 고수를 올리셨다. 나는 그 전까지 고수를 먹지 못했다. 음식 위에 올려진 고수를 늘 사이드 접시에 골라 놓는 사람이었다. 그런데 그날 내가 받은 것은 단지 고수가 아니라 나에 대한 친절임을 알았기에 거뜬히 다 먹었다. 익숙하지 않은 냄새가 났지만 꼭꼭 씹으니 고소

하고 향긋한 풍미가 입 안을 가득 채웠다. 나는 그날 이후 두 가지를 절대 잊지 않는다. 고수가 독일어로 'Koriander' 라는 것과 고수가 참 맛있다는 사실을.

'아이스

아메리카노'는

금지어

믹스커피에 익숙한 유년 시절을 보냈다. 손님이 오면 늘
엄마는 '1, 2, 2' 공식에 맞춰 커피를 타서 대접했다. 그 옆
에서 '한 입만'을 외치는 나에게는 바보가 되고 싶으면 마
시라는 엄마의 잔소리가 이어졌다. 늘 어른의 맛을 궁금
해하는 나에게 옆집 아줌마는 엄마가 잠시 자리를 비우는
틈을 이용해 그 맛을 알려 주었다. 엄마가 전화를 받거나
주방에 들어가면 그 순간에 비스킷을 커피에 푹 담가 입

에 넣어 주었다. 옆집 아줌마는 나에게 좀 멋진 어른이었다. 고등학생 때는 학교 자판기 커피에 빠져 살았다. 선생님들이 학생은 율무차나 코코아를 마시라고 했지만, 졸린다는 핑계로 200원짜리 커피를 줄 서서 마셨다. 대학에 들어가서는 별다방을 알게 되었다. 자판기 커피보다 16배 더 비싼 커피를 마시는 건 스무 살의 특권 같았다. 자판기 커피에서 별다방 커피로 넘어갔다고 해서 바로 쓴 커피를 술술 넘기는 건 무리였다. 18배 정도 더 비싼 카라멜 마끼아또로 입문했고, 곧 주문할 때면 고민 없이 '아이스 아메리카노'를 말하게 되었다.

아이스 아메리카노와 별다방이 익숙했던 내가 독일에서 처음 맛본 커피는 그동안 먹어 본 것과 전혀 다른 음료였다. 커피는 갈색에 가깝다고 생각해 온 내 앞에 시꺼먼 물이 가득 담긴 컵이 놓이자 전혀 다른 대륙에 놓인 것을 실감했다. 그 커피는 스무 살에 처음 맛본 별다방 커피보다 서너 배는 더 썼다. 저절로 두 눈이 감기고 미간에 힘이 들어갔다. 주문을 할 때도 달랐다. 마시고 싶은 커피 이름만 대면 주문이 완료되던 한국에서와 달리, 몇 가지 질문을 더 받아야 했다.

"우유는 줄까요? 넣어 드릴까요? 따로 드릴까요?"

"설탕은 줄까요?"

학교에서 친구들과 커피를 마시는 일은 일과나 마찬가지였다. 학생식당 안의 카페는 커피 한 잔에 80센트였고, 학생식당 밖의 카페테리아에서는 'BIO* 커피'라 불리는 40센트 더 비싼 1.20유로짜리 커피를 마실 수 있었다. 고작 40센트라고 할 수도 있겠지만 학생에겐 고민할 만한 금액이었다. 하루에 다섯 잔도 거뜬히 마셔야 했으니깐. 시험 기간이면 일곱 잔도 마셔야 했으니깐.

꺼멓고 진한 학교 커피 일곱 잔이 익숙해질 무렵에 집주인 할머니와 계약서를 쓰기 위해 별다방에서 만나기로 했다. 시내 근처에 살고 있던 집주인 할머니의 편의를 생각해서 잡은 장소였다. 약속 날, 커피를 주문하기 위해 집주인 할머니와 함께 줄을 서서 기다리고 있었다. 메뉴를 살펴보던 집주인 할머니는 고개를 저으면서 말했다.

"마실 게 없어."

혹시 카페인과 관련해서 문제가 있나 싶어 물어보니, 평소 마시던 독일식 진한 커피가 없다는 뜻이라고 했다. 설명을 듣고는 꺼먼 커피와 비슷한 아메리카노가 있다고

---

* 유기농 식품에 붙는 마크로 '비오'라고 읽는다.

하자 할머니는 고개를 더 크게 저으며 말했다.

"이름이 마음에 안 들어. 아메리카노라니⋯ 미국식 커피라니⋯."

우리는 근처 카페로 자리를 옮겼다. 주문을 받으러 온 직원에게 집주인 할머니는 말했다.

"독.일.식. 커피 주세요. 우유랑 설탕도 같이 주세요."

직원은 집주인 할머니의 말뜻이 정확히 무엇인지 아는 듯했다.

"그럼요. 독.일.식. 커피로 곧 준비할게요."

그 이후로 별다방 커피를 끊었다. 나의 스무 살을 상징하던 별다방의 아이스 아메리카노와 작별 인사를 한 셈이다. 미국식 커피가 싫다던 할머니를 따라 하고 싶다거나, 미국에 대한 반감이 있어서는 아니었다. 내가 오래 머물 독일에서의 나의 일과를 더욱 독일스럽게 만들고 싶다는 욕심이었던 것 같다.

그해 여름방학에 친구가 독일에 일주일 일정으로 여행을 왔다. 친구는 엄마가 보낸 밑반찬을 가져오면서 배달비를 톡톡히 받아 내겠다며 베를린을 벗어나 본 적 없는 나에게 기차로 대여섯 시간 떨어진 도시까지 여행 계획을 짜 보라는 특명을 내렸다. 어설프게 짠 계획으로 떠난 여행에서 유난히 커피를 좋아하던 친구는 별다방을 자주 들렀다. 여행지의 중심지마다 있던 별다방에서 에어컨 바람을 쐬고 와이파이를 잡으며 쉬어 가길 즐겼고, 내가 끊은 아이스 아메리카노를 물 마시듯 마셨다. 집주인 할머니와의 일화를 친구에게 들려주면서 독일식 커피를 마셔 보자고 제안했지만, 시꺼먼 커피를 어떻게 마시냐며 친구는 거절했다. 그리고 이 말을 덧붙였다. "사약은 사양할게." 친구에게 독일 커피는 그저 '꺼먼 물'이었다.

여행 마지막 즈음에, 공연 티켓팅 문제로 조금 긴 시간을 때워야 할 때가 있었다. 공연장이 시내 바깥에 있어 근처에 별다방이 없었다. 하는 수 없이 주변 로컬 카페에 들어가서 버티기로 했다. 더운 여름날, 에어컨이 없는 카페에서 친구는 아이스 아메리카노를 마시길 원했다. 나에게 집주인 할머니 일화를 들은 이후라 커피 이름에서 '아메리카노'는 빼고 주문했다.

"아이스커피 주세요."

곧 커피가 나왔다. 아이스크림이 덩그러니 올려져 있는 뜨거운 커피. 당황한 친구 앞에서 나는 웃을 수밖에 없었다. 독일어로 아이스크림이 '아이스'(Eis)이다. 그러니 '아이스커피'는 아이스크림이 올려진 커피일 수밖에 없었다.

친구에게 말했다.

"독일식 커피 이제야 맛보겠다야."

눈뜨면

카페에

가는 이유

새로운 도시에 도착해서 눈뜬 아침에 가장 먼저 하는 일
은 숙소 근처 카페에서 커피를 마시는 일이다. 카페의 위
치, 카페 안의 분위기, 카페 직원의 스타일, 카페에서 주문
하는 방법은 도시마다 다르다. 새로운 나라와 도시를 파
악하는 가장 좋은 방법이 카페에서 커피 주문하기는 아닐
까 생각해 본 적도 있다. 특히, 카페 직원과 나눈 짧은 대
화에서도 지역색이 강한 특유의 억양과 그 지역의 분위기

를 배울 수 있다는 나의 오랜 지론은 허풍이 아니다.

　미국의 애리조나주에서 눈 뜨자마자 들른 카페의 직원은 목소리 톤이 높았고, 안부를 묻는 인사에도 'happy', 'wonderful', 'great'와 같은 긍정의 단어가 한 개씩은 꼭 더 들어가 있었다. 그렇게 시작한 애리조나에서의 생활은 날씨처럼 맑고 화창했다. 반면에, 스위스 제네바Geneva에서 들른 첫 카페는 바쁜 오전 타임이어서 그랬는지 직원의 목소리에 서두름이 담기고 뒤이어 짜증이 들렸다. 제네바에서는 나 역시도 늘 바쁜 일정 속에서 발걸음도 마음도 서두를 때가 많았다. 카페 직원의 목소리와 분위기는 그 카페에 들러 커피를 마시는 이들의 느낌과 비슷한 경우가 많았고, 커피를 마시고 흩어지는 그들을 도시 곳곳에서 내가 마주했을 것이다.

　아침의 카페뿐만 아니라 거리에서도 첫인상은 결정된다. 10분만 걸어도 도시마다 느낌이 다르다. 10분 동안 지나치는 사람들이 눈인사를 보내거나 '헬로', '봉주르', '할로' 인사를 건넨다면 그 도시는 활기찬 느낌이 강하다. 반면에, 거리의 사람들을 그냥 지나치고 땅을 쳐다보거나 휴대폰 화면을 넘기는 손이 바쁜 도시는 조금은 건조한 느낌이 강하다. 어느 도시나 아침은 출근길로 바쁜 걸음

걸이를 보게 되지만, 그 와중에도 인사를 건네는 여유가 있는 곳이 있다. 그런 곳의 첫인상은 짙게 남는다.

길게 머무는 도시는 도서관이나 서점을 먼저 들른다. 관광객보다는 현지인들을 만날 수 있는 공간이다. 도서관에 들어서서는 로비의 안내판 앞으로 가 본다. 도서관 프로그램 안내나 마을 소식지에서 마을의 느낌과 인상을 만날 수 있다. 예를 들어, 아이들 클래스가 많거나 임신, 출산과 관련된 상담 프로그램이 있다면 젊은 동네 분위기가 느껴지고, 프로그램 회차를 통해선 마을 활동가들의 범위나 주민 참여도를 짐작할 수 있다. 첫날부터 도서 대출은 어렵겠지만 열람실에서 서너 시간만 보내도 새롭고 특별한 경험을 하게 된다. 안내데스크 근처 테이블에 주로 자리를 잡는 편인데, 주민들과 사서의 대화를 엿들을 수 있다. 어떤 책을 찾는지, 어떤 책이 대출 빈도가 높은지, 어떤 도서관 프로그램이 진행되고 있는지, 심지어 동네 맛집까지 알 수 있다. 오전에 들른 도서관에서 운 좋게 점심 메뉴가 결정되기도 한다.

첫인상이 모든 것을 결정지을 수 없다. 그럼에도 이방인에게는 좋은 팁인 것이 분명하다. 10분만 걸어도 몇 번의 인사를 받은 도시에서는 나도 같이 인사를 하면 된다.

지나가는 유모차를 밀고 있는 아이 엄마에게도, 꽃을 들고 마주 걸어오고 있는 이에게도, 조깅을 마치고 커피를 들고 가는 이에게도 인사를 먼저 건네는 것이 나의 하루를 얼마나 근사하게 만드는지 모른다. 걸음이 빠른 도시에서는 인사를 건네기는 어렵지만, 지하철 문을 잡아 준다거나* 뛰어오는 이에게 문 한번 잡아 주는 일이 나의 하루를 뿌듯하게 한다. 도서관에서 엿들은 대화들로 마을의 이미지를 알고 나면, 앞으로의 생활과 새로운 보금자리에 대한 그림이 그려진다. 물론 엿들은 점심 메뉴가 늘 내 입맛에 맞는 건 아니지만 한동안 점심 식사를 위해 같은 식당을 찾는 것은 또 다른 기회를 주기도 한다. 매일 같은 식당에 가면 식당 직원과 식당 사장님은 더 따뜻하게 인사를 해 준다. 디저트가 서비스로 나오는 건 그야말로 기분 좋은 덤이다.

---

* 유럽의 버스, 지하철, 트램 등은 자동문이 아니라 탑승자가 직접 버튼을 눌러 문을 여는 수동 방식이다.

고향의 맛은

김치찌개?

아니, 새우깡!

대학원에 같은 해에 입학한 독일 친구가 교환 학생으로
일 년간 보스턴에서 지내게 되었다. 보스턴으로 떠난 지
몇 주 지나 전화가 걸려 왔다. 훌쩍거리는 소리가 들렸다.
미국에서 교환 학생으로 지내 보니 가족 없이 독일에서
유학 생활을 하고 있는 내가 자주 생각났다고 했다. 나의
상황을 이해해 주는 친구의 마음이 고맙기도 하면서, 얼
마나 힘들면 나에게 울면서 전화했을까 안쓰러움도 들었

다. 어떤 상황이 지금 친구를 외롭게 하는지 물었다. 친구
가 훌쩍이며 대답했다.

"그게 말야. 미국 초콜릿에서 비누 냄새가 나. 나 독일
초콜릿이 너무 그리워."

누군가 들으면 그게 왜 힘든 일이냐고 의아해하겠지만
나는 친구의 마음에 충분히 공감한다. 그리움은 거창한
경험이 아니라 한 입에 느껴 본 맛으로부터 온다.

나보다 먼저 해외생활을 시작한 열 살 어린 사촌 동생
은 일찍이 중국에서 학교를 다녔다. 홀로 떠난 유학길이
었다. 가끔은 나보다 훨씬 더 어린 동생이 그 생활을 어찌
해내고 있는지 궁금하다가 가슴이 시려 오기도 했다. 몇
해 전 한국에 잠시 들어왔을 때, 동생의 방학 기간과 맞물
려 일주일을 함께 보냈다. 동생과 점심 약속을 하고 동생
을 데리러 간 날, 동생은 보조석에 앉더니 주머니에서 우
유를 꺼내 나에게 건넸다. 누구나 아는 항아리 모양의 바
나나 우유였다. 빨대를 꽂아 내 입에 대 주던 동생이 웃었
다. 나도 운전하는 손을 떼지 않고 그대로 웃으며 빨대에
입을 댔다. 동생은 잠시 머뭇거리다 말했다.

"누나. 나는 한국에 오면, 바나나 우유를 매일 마셔. 중

국에는 없잖아. 누나 생각이 났어. 누나도 그럴까 봐."

　운전대를 붙잡고 흐느꼈다. 동생 앞이지만 어쩔 수 없었다. 동생도 아무 말 없이 훌쩍였다. 성인이 되지 않은 나이에 부모 없이 타국에서 살아간다는 건 나라면 감당하지 못할 일 같다. 한국인 한 명 없는 학교에서 만만치 않은 커리큘럼을 따라가면서 가족들에게 심심찮게 들려주는 1등 소식은 그저 기특하기만 했다. 어린 몸과 마음으로 버텨내고 있었을 동생은 바나나 우유로 스스로를 달랬을까.

　한국에서 잘 먹지 않던 스낵들도 서너 달만 타국에 있으면 곧 그리운 고향의 맛으로 변한다. 새우 과자와 양파 과자를 즐겨 먹지 않았으면서도 아시아 마트에서 보이면 바로 장바구니에 담았다. 가끔 한국 스낵을 구입해서 먹는 독일인들을 만나게 되면 "그것이 한국의 맛"이라며 과장된 제스처를 취하기도 하고, 식사 초대를 받아 갈 때면 선물로 양파 과자와 초코 막대기 과자를 챙겨 가기도 했다. 방학 때 한 번씩 독일에 오는 친정 가족들의 가방에도 내가 부탁한 과자들이 가득 담겨 있었다. 그 과자들은 특별한 날, 특히 외로운 날에 꺼내 먹었다. 아주 조금씩 아껴가며.

　과자는 새우맛, 양파맛, 바나나맛처럼 아는 '맛'으로 기억되지만, 그 봉지 안에 담긴 추억은 또 다른 맛을 지닌다. 한국의 서너 배 되는 가격을 주고 한국 과자를 구입하는 건, 단순히 '아는 맛' 때문이 아니라는 뜻이다. 아는 맛 속에 담긴 각자의 '다른 맛' 추억을 꺼내 먹어 보려는 것이다. 타국에서 외로울 때 김치찌개나 된장찌개보다 과자를 찾는 건, 어릴 적 추억이 주는 애틋함인 것 같다. 그리움은 어릴 적 내가 먹던 과자 한 봉지에 담겨 오나 보다. 미국에서 훌쩍이며 전화를 걸었던 친구에게는 초콜릿이 고향의 맛이었을 테고, 어릴 적 추억이 담긴 애틋함의 조각이었을 것이다. 바나나 우유로 마음을 달래는 내 사촌 동생도 달콤한 한 입에서 큰 위로를 받았을 것이다.

프랑스 리옹Lyon에 잠시 머물 때 제법 알차게 한국 식품을 파는 곳이 있다는 이야기를 들었다. 남편과 여행용 캐리어 한 개를 깨끗이 비워 장바구니 대용으로 끌고 갔다. 독일의 아시아 마트에선 볼 수 없는 한국 식품들이 가득 찬 마트에 들어서자마자 감탄이 튀어나왔다. 남편도 잡고 있던 내 손을 놓고는 바로 양갱을 집어 들었다. 나는 문어 맛 과자를 골라 남편에게 흔들어 보였다. 간장, 참기름, 꽁치통조림 같은 식자재를 사기 위해 간 건데 캐리어에 가득 담아 온 건 대부분이 과자였다. 호텔에 돌아와 캐리어를 열며 후회했다. 하지만 식자재를 사러 마트에 다시 가진 않았다. 우리는 또 과자만 잔뜩 들고 올 걸 알았으니.

여행지나 출장지에 한국 식당이 있으면 꼭 한 번은 방문했다. 한국 식당에 가면 보통은 한편에서 한국 식품을 판다. 우리는 늘 디저트라는 핑계로 꿀 과자와 바나나 과자를 들고 왔다. 그것도 종이백 가득. 독일에선 이럴 때 '배보다 눈이 더 크다'라고 하는데, 한국 식품을 파는 곳에선 늘 왕눈이가 될 수밖에 없다.

한인 식당과 한인 마트가 거의 없었던 독일 남부 생활을 마치고 미국으로 건너갔다. K마트나 H마트와 같은 대형 한인 마트를 기대하고 갔지만, 짐을 푼 곳은 김치를 사려면 왕복 네 시간을 운전해야 하는 외딴 도시였다. 외딴 도시에서 한인 마트가 있는 대형 도시로 출장을 갈 때면 어김없이 빈 여행용 캐리어를 추가로 비행기에 실었다. 학회장은 주로 도심에 있고 한인 마트는 외곽에 있어서 값비싼 택시비를 지불해야 했지만, 한 번도 망설인 적은 없었다. 기어코 캐리어를 가득 채워 오고야 말았다.

미국에서의 첫 한인 마트 쇼핑은 사실 운반 사고로 실

패했다. 남편과 짐을 푼 도시는 백두산보다 고도가 높은 곳으로 기압이 낮아 과자 봉투가 집에 오는 길에 풍선처럼 부풀어 올라 다 터져 버린 것이었다. 고민 끝에 찾은 방법은 마트에서 산 봉투 과자들을 조금씩 뜯어서 가져오는 것이었다. 가족들에게 이런 이야기를 전했더니, 왜 그렇게 한국 과자에 집착하냐는 무안한 핀잔을 들었다.

한번은 남편 혼자 한국행 출장 일정이 잡힌 적이 있었다. 미국에서 구할 수 없는 돈가스 소스, 닭갈비 양념, 젓갈 등을 부탁했다. 열흘 만에 미국 집으로 돌아온 남편의 캐리어를 열자마자 나도 모르게 소리를 질렀다.

"이게 뭐야. 엉망이야."

봉투에 든 과자를 사 오지 말라는 나의 당부에도 남편은 몇 봉지를 챙겼고, 집으로 오는 길에 과자 봉투가 뻥뻥 다 터진 것이다. 꼬깔 과자, 새우 과자, 감자 과자 등이 뒤섞인 캐리어를 보니 웃음이 나기도 했다. 남편이랑 짐을 정리하다 말고 캐리어 속의 과자들을 주워 먹었다. 서로의 추억을 나누며.

가끔은 과자가 고향의 맛일 거라는 생각을 한다. 나의 고향은 과자 맛이 가득한 어릴 적 추억 속인가 보다.

젓가락 쓰지 마,

선배는 말했다

언어에 고군분투하던 유학 초창기에 학교 식당에서 한국인 선배와 점심을 먹었다. 한숨을 푹푹 내쉬며 언어 문제로 하소연을 하자, 선배가 대뜸 물었다.

"너, 아직 젓가락 쓰니?"

젓가락을 쓰는 일이 뭐가 대수라고, 다 죽어가는 후배에게 젓가락 사용 여부를 묻는 선배가 순간 야속했다. 한참을 말없이 밥을 먹던 선배는 식사를 마치고 식판을 옆으로 밀더니 자신의 휴대폰을 내 쪽으로 밀어 보였다.

"자, 내 휴대폰은 모든 기능이 독일어로 쓰여 있어. 넌? 넌 아닐 걸? 내 말이 맞지?"

고개를 끄덕이자 선배는 이어서 훈수 같은 조언을 이어 갔다.

"난 젓가락 안 써. 넌 아마 쓸 거야. 이제부터 쓰지 마. 난 포크만 쓴다. 이게 무지 우습게 들리고 내가 머저리처럼 보일지도 몰라. 내가 하는 말은 이거야. 네 몸속에 있는 한국적인 모든 걸 버려야 해. 언어는 그렇게 배우는 거야."

누군가는 첫 키스를 하며 종소리를 듣는다고 하지만, 나는 그날 내 인생의 종소리를 제대로 들었다. 그날 선배가 나에게 한 조언은 적중률 높은 족보와도 같았다. 사막에서 살아남는 생존법 이상의 의미였다. 나는 그날 이후로 의식적으로 한국적인 것을 버리려고 노력했다. 젓가락 대신에 포크를 쓰고, 아침은 밥 대신에 빵이나 뮤즐리*를 먹었다. 여러 개의 식기를 쓰기보다는 '텔러'Teller라고 부르는 큰 접시에 음식을 덜어 먹기 시작했다. 익숙하지 않은 으깬 감자를 늘 곁들이려고 노력했고, 주말엔 브런치 식

* Müsli, 귀리나 건과일로 만든 간편식. 주로 아침 식사로 먹는다.

당에서 곁눈질로 식사법을 배워 보려 했다. 선배처럼 휴대폰의 언어를 독일어로 바꾸고 속도가 느리더라도 모든 검색을 독일어로 하려고 노력했다. 지하철에서 가방을 바닥에 툭 내려놓는 행동도 부러 하고, 노상 카페테리아에서 소세지를 픽업해 바닥에 앉아 먹기도 했다.

친구들이 신기하게 쳐다보던 '입 대지 않고 페트병 물마시기'를 멈추고 친구들처럼 입을 대고 마시기 시작했을 때, 선배가 말한 내 몸속에 한국적인 것을 버리라는 의미가 와닿기 시작했다. 언어는 문화다. 하나의 언어가 몸에 자리 잡기 위해서는 내 몸에 그 언어에 맞춘 문화가 자리 잡고 있어야 했다. 먼저 자리 잡고 있는 문화가 잠시 자리를 비켜 줘야 할 때가 있는 법이었다. 모국어처럼 뼛속까지 자리 잡은 문화가 가끔은 의도치 않게 나를 오해하게 만들기도 하기 때문이다.

독일로 떠나기 전에, 수년 전에 독일에서 석사 과정을 마치고 돌아온 선배를 만나 마늘 냄새나는 음식은 피하라는 조언을 들었다. 김치는 주말에만 먹도록 하라며, 냄새에 예민한 사람들도 있으니 주의하라 했다. 김치를 가급적 피하기는 했지만 나에게 마늘 냄새가 남아 있지 않을까 늘 조심스러웠다. 한국에서 점심 식사 후에 친구들과 화장실에서 양치하던 습관은 독일에서도 이어졌다.

학교 화장실은 지하 전체를 사용하고 있어서 상당히 크고 넓었다. 세면대만 나란히 10개 정도 줄 서 있었는데 앞뒤로 마주 보고 있는 구조라 스무 개가 넘었다. 양치를 하며 거울에 비친 다른 학생들의 얼굴을 힐끗 보다가 눈이 마주쳤다. 어색한 웃음을 보았다. 몇 주가 흐른 다른 오후에도 어김없이 점심을 먹고 양치를 하고 있는데 화장실 청소를 하던 아주머니가 다가와 말했다.

"화장실에서 양치하면 안 되는 거예요."

혹시나 나의 냄새가 누군가에게 불쾌함이 될까 싶어 밥을 먹자마자 칫솔을 들고 화장실로 향했던 내가 크게 부끄러워지는 순간이었다. 다른 문화를 배려한다고 한 나의 행동이 도리어 다른 이에게 피해를 주고 있었던 것이다.

양치뿐만이 아니었다. 한국에선 길을 건널 때 차가 오면 멈춰 서서 차가 지나가길 기다렸다. 그게 정해진 규칙인 양 몸에 익숙해져 있어서 독일에서도 마찬가지로 멈춰 서서 차가 지나가기를 기다렸고, 가끔은 먼저 가라며 손짓까지 하곤 했다. 하루는 집 앞 마트를 가기 위해 길을 건너려는데, 저 멀리서 차가 천천히 오고 있었다. 나는 차가 지나가기를 기다렸고, 차는 내가 길을 건너길 기다렸다. 언제나처럼 손을 휘이휘이 저으며 운전자에게 먼저 지나가라고 했더니, 그가 창문을 열어 고개를 내밀고는 나에게 말했다.

"제발 먼저 가세요. 그게 규칙이거든요."

역시나 운전자를 배려하려던 나의 행동이 누군가의 시간을 길 위에서 뺏는 것이었다고 생각하니 부끄러워졌다. 누군가를 배려하는 마음은 갖되 먼저 그 나라의 문화를 익히고, 배려도 시기와 장소에 맞춰서 해야 한다는 것을 배웠다. 언어를 배우는 것은 이처럼 새로운 나라의 문화를 배우려는 태도로부터 시작됨을 몸으로 익혀 갔다. 나보다 먼저 유학 생활을 시작한 선배도 나와 같은 시행착오를 겪으며 몸으로 익혔던 게 아닐까. 몸속에 먼저 자리 잡은 문화를 비우는 것부터 시작한 선배는 그렇게 견고하게 새로운 언어를 쌓아 갔을 것이다.

독일에서 프랑스, 스위스 그리고 미국으로 건너갈 때마다 새로운 문화를 만났다. 독일에서처럼 심하게 우여곡절을 겪진 않았다. 아무래도 몸속의 문화를 비우면 새로운 문화가 자연스레 채워진다는 걸 알았기 때문은 아닐까.

화장실에서 양치하지 않는 것은 미국에서도 마찬가지

였다. 보행자가 차보다 늘 먼저인 것도 그대로였다. 물론 기억해 두어야 할 다른 점도 있었다. 식사 문화였다. 독일과 다르게 미국에서는 점심 식사가 비교적 간편하고 저녁 식사에 더 무게를 두었다. 독일에서는 '저녁 빵'*이라는 담백한 빵을 차 한 잔과 가볍게 먹는 것으로 저녁 식사를 마쳤지만, 미국에서는 저녁에 여러 가지 요리를 곁들였다.

식사 문화에 익숙해져야 하는 이유는 같이 식사를 하는 동료에 대한 배려 차원이다. 독일에서는 점심에 디저트까지 먹느라 한 시간가량의 식사 시간을 가졌다면, 미국에서는 간단히 샌드위치로 때우는 경우가 많아 보통 2, 30분 내로 식사가 끝난다. 샌드위치와 커피로 점심을 해결하는 동료 앞에서 정식 메뉴를 시킨다면 동료는 30분 동안 내가 식사하는 걸 지켜보며 기다려 줘야 하는 불편함을 겪게 된다.

문화는 배려 이상의 약속이고 더 나아가면 소통이다. 대륙을 바꿔 새로운 친구를 만날 때마다 소통을 위해서는 상대 문화에 대한 열린 마음(open-minded)이 있어야 했다. 그리고 반드시 국가마다 다른 문화에 대한 올바른 이해와

---

* Abendbrot, 아벤트브로트. 저녁에 먹는 가벼운 빵을 의미하기도 하지만 보통 독일에서는 '저녁 식사'를 뜻한다.

지식도 있어야 했다. 잠시 비워 둔 모국의 문화 자리에 상
대의 문화가 들어오는 동안 나는 더 깊이 해외생활로 빠
져들고 있었는지도 모르겠다.

비 의 기 억 1

대학생뿐만 아니라, 독일 사람들은 보통 백팩을 선호한
다. 학회장에서 발표를 한다며 정장을 입고 오더라도 가
방은 스포츠 백팩이다. 선호하는 백팩은 우선은 가볍고
내부 주머니가 많은 것이라고 했다. 특히 백팩 외부에 한
개의 주머니가 있는 것을 고르는데, 그 이유는 물병을 꽂
기 위함이다. 백팩과 짝꿍처럼 물병도 필수품 중 하나이
다. 주로 페트병이다.

외부 주머니가 한 개인 가방을 들고 다니는 학교 친구들과 달리, 나는 주머니가 두 개 달린 가방을 골랐다. 다른 주머니에는 우산을 꽂기 위함이었다. 건물을 옮겨 다니며 수업을 들어야 했는데 간혹 비가 내리기 시작하면 나는 우산을 꺼내 썼다. 동기가 비를 맞으며 천천히 다른 건물로 이동하는 것을 보고는 뛰어 가서 우산을 같이 쓰자고 말을 건넨 적이 있다. 그때 동기는 이런 말을 했다.

"난 한 번도 이런 비를 우산으로 피해야 한다고 생각해 본 적이 없어."

그제서야 주위를 둘러보니, 나처럼 우산을 쓰고 이동하는 사람이 없었다. 비가 가볍게 자주 내리는 독일에서는 사람들이 우산을 필수로 들고 다니기보다 비가 오면 그냥 맞는다. 폭우가 내리는 때에는 우산을 쓰기도 하지만, 억수로 내리지 않는 이상 대부분의 사람들은 방수 재킷을 입고 모자를 눌러 쓴다. 백팩은 들고 다니는 방수 커버로 덮는다.

처음엔 비를 맞는 것이 익숙하지 않았다. 한국에서는 우산이 없는데 비가 내리면 건물 안으로 피해 들어가는 게 자연스러운 일이었다. 혹 비를 맞은 날이면 '산성비 맞으면 대머리가 된다'라는 말을 떠올리며 얼른 샤워를 했다. 비는 피하는 것으로만 생각했던 삶을 한순간에 바꾸기란 쉬운 일이 아니었다.

자전거를 타고 다니면서는 비를 맞는 편이 더 편했다. 한 손으로 우산을 들고 탈 수는 없었으니 말이다. 방수 재킷을 입고 모자를 눌러쓴 채 방수 커버를 씌운 백팩을 메고 자전거를 탔다. 산책길에는 우산 없이 다니는 것이 훨씬 좋았다. 빈손으로 다니면 언제든 주머니 속 책을 꺼내 읽을 수 있었고, 재킷의 모자를 눌러쓰고 걸으니 그동안 우산으로 가려졌던 풍경들이 눈에 들어왔다. 그리고 친구와의 대화도 우산을 사이에 둘 때보다 훨씬 편해졌다. 우산을 챙겨 들고 다닐 때는 몰랐던 것들이다.

가끔은 비를 맞고 걷는 것. 새로운 것을 피하기보다는 모험해 보는 것. 모험으로 낯선 것을 알아 가는 것. 그 알아 가는 것을 통해 또 다른 것들을 볼 수 있는 것. 비를 맞으며 걸었을 뿐인데 내 세상이 조금 넓어진 기분이었다. 때로는 학교나 책에서 배우는 것보다 몸으로 직접 익혀 가는 것이 더 크게 와닿았다. 해외생활이 마치 그렇다는 듯이.

나는 여전히 비가 가볍게 오는 날이면 기껍게 비를 맞는다. 방수 재킷을 입고 모자를 뒤집어쓴다. 아이에게도

우산보다는 우비를 입힌다. 비를 피하기 위해 지하도로를
이용하기보다는 아이와 손잡고 빗속을 걷는다. 방수 커버
하나 덮으면 된다. 여전히 들고 다니는 백팩에는 늘 파란
방수 커버가 있으니.

비 의 기 억 2

독일행 비행기를 처음 타던 날, 그날은 '하늘이 뚫렸다'는
표현처럼 비가 무섭게 내렸다. 서울대입구역에서 공항버
스를 타기 위해 짐을 가득 실은 이민 가방 두 개를 끙끙거
리며 끌고 나갔다. 배웅 나온 친구들은 애써 웃고 있었다.
아직 이별에 익숙하지 않은 어린 우리였다. 빗소리에 서
로의 목소리가 잘 들리지 않았지만, 우린 충분히 아쉬움
을 나눴다. 우산은 이미 의미가 없을 만큼 젖은 채로 버스

에 올랐다. 눈물과 빗물이 뒤섞인 친구들의 얼굴에서 슬픔 이상의 감정을 보았다. 지금 생각해 보면 처음 유학길에 오르는 나를 향한 친구들의 진한 응원이었던 것 같다.

공항에 도착했을 때 나는 서울대입구역에서 맞은 비로 더욱 처량한 모습이었다. 배웅하기 위해 새벽에 지방에서 공항버스를 타고 온 가족들은 그런 나의 모습에 눈물부터 흘렸다. 밥도 먹는 둥 마는 둥 수저를 내려놓고, 출국장으로 향하면서 가족들은 소리 내어 흐느꼈다. 유리창으로 둘러싸인 공항은 그날따라 유난히 빗소리를 크게 내었고, 나는 그 빗소리에 숨어 울었다. 가족들과 마지막 인사를 나누며 헤어질 때 나는 뒤돌아보지 않았다. 귓가에 들리는 빗소리에만 집중했다. 가끔은 그날의 빗소리가 비가 아닌 가족들의 목소리였던 것처럼 느껴진다.

비 오는 날로 시작한 나의 유학 생활은 우여곡절을 여러 번 겪었다. 어느 사건은 일이 해결된 이후에도 오랜 시간 고통으로 남아 있었다.

유학생으로 방을 구하기 어려웠던 때가 있었다. 그즈음 학교 학생들 사이에선 집 구하기가 큰 이슈였다. 그만큼 어려운 일이었다. 보통 학생들은 부엌이 딸린 방과 욕실이 있는 집을 구하는데, 이사 시기가 맞지 않았던 나는 예상했던 월세를 초과한 방 두 개짜리 집을 구할 수밖에 없었다. 선택권이 없었다. 나에게 집을 내어 주겠다는 사람은 그 방 두 개짜리의 집주인뿐이었다. 월세에 부담을 느끼는 나에게 부모님은 걱정 말라며 초과된 금액도 생활비로 보내 주었다.

새로운 집에서 별 탈 없이 학교를 오가며 공부하던 중에 한국에서 후배가 놀러와 남은 방에서 한 달을 머물다 갔다. 후배는 나에게 호스트로서 제격이라며, 남은 방을 한국 유학생에게 주면 어떻겠냐고 했다. 전혀 생각지 못한 일이었다. 학교 커뮤니티에 올려 볼까 하다가, 이왕이면 유학 초기의 학생이 오면 좋겠다는 생각에 한국 커뮤니티에 방을 올렸다. 처음의 내 모습이 떠올랐기 때문이다. 아무도 없는 먼 곳에 한국말을 할 수 있는 사람 한 명만 있어도 큰 위안을 받는 것이 해외생활임을 나는 알고 있었다. 수년간 다닌 회사를 그만두었다는 여행객이 잠시 쉬었다 가기도 하고, 글감을 찾으러 온 작가가 석 달을 머물다 가기도 했다.

한번은 1년을 머물고 싶다는 한국 여학생들의 연락을 받았다. 크게 문제 될 것은 없었다. 다만 두 명이 방 하나를 같이 쓴다는 부분이 신경 쓰였다. 부엌과 욕실이 하나씩밖에 없어 세 명이 공용 공간을 쓰는 것이 불편할 것만 같았다. 망설였지만, 해외생활에서 생활비는 무척이나 예민한 부분이라 두 학생의 입장을 이해하기로 했다.

곧 두 학생은 독일로 입국했고 나는 마중을 나갔다. 입국장으로 걸어 나오는 그들의 모습은 어쩐지 낯설지 않았다. 설렘과 두려움을 동시에 지닌 독일에서의 첫날 내 모습처럼 보였다. 승무원을 꿈꾸는 독문학과 학생들은 워킹홀리데이 비자를 받아 입국해서 곧 어학원을 끊어 다니기 시작했다. 저녁에 집에 들어오는 나를 기다렸다가 독일어를 물어보기도 하고, 어느 날은 학교로 찾아와 보험 가입과 번역 관련된 일들에 조언을 구하기도 했다. 차근차근 적응해 가는 두 학생을 누구보다도 응원했다.

저녁 스터디가 취소되어 평소보다 일찍 집에 도착한 어느 날, 우편물을 확인하다가 놀랐다. '3차 경고장'이라고 적힌 우편물이 내 앞으로 와 있었다. '경고장'이라는 말도 이해가 되지 않았지만, 1, 2차를 받은 적이 없는데 '3차' 경고라는 말이 더욱 납득하기 어려웠다. 곧장 뜯어보니, 내 이름으로 등록된 인터넷으로 음원과 영화를 불법 다운로드 및 업로드를 했고, 1, 2차 경고에 응하지 않아 3차 경고를 보낸다는 내용이었다. 합의금은 5만 유로(한화로 6,500만원)이고, 이에 응하지 않으면 10만 유로(1억 3천만 원)를 제시할 거란 경고가 담겨 있었다. 옆방 학생들에게 물었다. 혹시 이 편지에 대해 아는 것이 있는지. 한 학생이 울면서 얘기했다. 독일어를 배우고 싶어서 음원과 영화를 다운 받았고, 독일어를 몰라 자동 업로드를 했다는 것이었다. 1, 2차 경고장은 무서워서 숨겼다고도 했다. 당황스러웠지만 두려웠을 상황이 이해도 되어 해결책부터 찾자며 우는 학생을 진정시켰다.

다음 날 학교에서 친구들에게 편지를 보여 주자 생각보다 상황이 심각하다며 변호사를 선임하라는 조언을 들었다. 시간당 120유로(156,000원)의 상담 비용을 요구하는 변호사와 약속을 잡고 옆방 학생들에게 알려 주었다. 변호사 상담 때 같이 가서 어떤 대처법이 있을지 생각해 보자고 했다. 상담이 잡힌 날, 변호사 사무실 앞에서 두 학생을 기다렸지만 오지 않았다. 문자에 답도 없고 전화도 받지 않았다. 두려움이 컸으리라 생각하며 혼자 상담을 받고 집으로 갔다. 그리고 집 현관에 들어섰을 때 알았다. 두 학생의 신발이 모조리 사라진 것을.

그날 이후로 나의 유학 생활은 무너지기 시작했다. 정

수리부터 발끝까지 바늘로 찌르는 듯한 고통이 24시간 나를 괴롭혔다. 아무것도 먹을 수가 없었다. 먹고 나면 토하기 일쑤였고 토하다가 실신하기도 했다. 학교 수업을 들을 수 없을 정도로 편두통이 심해지자 나의 상황을 아는 친구들과 교수님들이 법리적인 부분 및 변호사 선임과 관련된 부분을 도맡아 도와주기 시작했다. 학교 측의 도움으로 '저작권법' 전문 변호사를 만났다. 선임료는 몇 천 유로였다. 내 이름으로 된 인터넷이지만 나는 불법 다운로드와 업로드를 하지 않았다는 증거를 모으기 위해 또 몇백 유로를 지불했다. 나의 무죄를 입증하는 것에 많은 비용을 지급해야 한다는 사실이 괴롭도록 아팠다. 주변의 도움에도 나의 몸과 마음은 말라 가고 있었다. 가족들에게는 비밀로 부치고 있었다.

그때 한국에서 걸려온 전화를 받았다. 이모들이었다. 이모들은 유럽 패키지여행을 예약했고 다섯 시간 동안 베를린에 머문다는 소식을 전했다. 나는 학교 수업을 핑계로 이모들과의 만남을 피하고 싶었다. 이모들을 보면 약해질 것이 분명했다. 만나자마자 부둥켜안고 울 것만 같았다.

"이모, 나 억울해. 이모, 나 죽을 만큼 괴로워. 세상에 그

나쁜 학생들이 도망쳤어. 다 내가 바보 같아서 그래."

이모들을 붙잡고 토해 낼 것 같아 겁이 났다. 하지만 이모들의 목소리가 설렘으로 들떠 있어서 나는 만날 수 없다는 말을 꺼내지 못했다.

약속 장소는 한식당이었다. 식당에 들어서자마자 이모들은 소리를 지르며 달려와 나를 와락 안았다. 육개장을 한 술 뜨는 나를 이모들은 바라보기만 했다. 야윈 나를 안쓰러워했지만, 나는 그 어떤 말도 하지 않았다. 식사를 마치고 이모들이 타고 온 여행사 리무진 버스에 함께 올랐다. 버스가 베를린 시내를 도는 동안 이모들은 가이드의 설명은 듣지도 않고 나만 처다보며 말했다. 이 여행에 베를린 일정이 있어서 신청했다고, 이렇게 나를 만나 너무나 기쁘다고. 나는 베를린 시내를 구경하는 관광버스 안에서 이모들이 주는 옷과 반찬과 약을 받았다. 그리고 곧 다른 도시로 넘어가는 버스에서 내렸다. 이모들은 창문에 얼굴을 바짝 대고는 내 마지막 모습을 눈에 담으려 했다. 나는 창문을 향해 손을 흔들며 급히 돌아섰다. 참고 있던 눈물이 쏟아졌다. 울고 있는 이모들을 보았기 때문이었다. 첫 유학길에 공항에서 눈물을 흘리던 이모들은 버스에서 또 울고 있었다. 그날도 이날도 비가 내렸다. 아주 많이. 나는 지하철을 타지 않고 이모들이 챙겨 준 짐을 들고 집까지 걸어갔다.

끝나지 않을 것 같았던 인터넷 불법 다운로드 사건은 넉 달 만에 마무리되었다. 나는 나의 무죄를 증명하려고 수천 유로를 지불했다. 그리고 한 학기에 이어 두 학기까지 반납하고야 말았다. 실패한 유학 생활을 서둘러 마무리하고 귀국을 고민한 적도 많았다. 처절하게 바닥까지 간 셈이었다. 그럼에도 나는 버텨 냈다. 학위 없이 한국으로 돌아가는 것보다 비 오는 날마다 마주할 나의 포기하는 모습이 더 슬프게 그려졌기 때문이다.

비 오는 날, 나는 한국을 떠났다. 눈물과 비로 젖은 친구들의 얼굴을 뒤로하고 버스에 올랐다. 흐느끼는 소리로 공항을 채우던 가족들을 차마 돌아보지 못하고 출국장으로 향했다. 이별에 익숙하지 않아 우린 눈물로 인사했지만, 그 안에는 나에게 보내는 기대와 지지가 담겨져 있음을 나는 알았다. 유학 생활이 힘들 때마다 비 오는 그날을 꺼내 보았다. 그런데 어느 날 닥친 사건으로 모든 것을 포기하고 싶은 순간이 왔을 때는 정작 비 오는 그날을 기억해 내지 못했다. 아니, 차마 생각해 낼 수 없었다. 약해질

까 봐. 다 놓아 버릴까 봐. 그러다 비가 내리는 날 이모들과 베를린의 길거리에서 다시 눈물의 작별을 했다. 나는 다시 용기 내어 비 오는 그날을 떠올렸다. 내가 어떤 마음으로 독일행을 결정했는지. 그 결정을 누가 지지해 줬는지. 여전히 나를 응원하는 사람들이 있음을. 그리고 비 오는 날이 나에게 다시 일어설 수 있는 힘을 준다는 사실을 알았다.

하루에도 몇 번씩 비가 내리는 독일에서 나는 흔들릴 때마다 떠올렸다. 비 오는 날에 비 오던 그날을.

친구가

되는

순간

루이지애나주의 뉴올리언스New Orleans에 머물 때의 일이다. 시내 구경을 하러 버스를 기다리고 있는데 히잡을 두른 여학생이 지금 오는 버스가 시내로 향하는지 물었다. 마침 도착한 버스를 타고 시내로 향하면서 몇 마디 나누어 보니, 여학생도 나처럼 시내를 구경하러 가는 길이었다. 가려던 장소가 같아서 동행하기로 했다.

뉴올리언스의 명소이기도 한 프랑스 마켓을 함께 구경

했다. 뉴올리언스의 토속 음식이기도 한 악어 튀김을 만드는 과정을 지켜보면서 서로의 모국어로 '맛있다'를 어떻게 표현하는지 묻고, 서로의 언어로 발음해 보면서 웃었다. 한참 구경을 한 후 숙소에서 챙겨 온 바나나 두 개중 하나를 건네며 잠시 쉬어 가자고 했다. 미시시피강변에 앉아 바나나를 나눠 먹으며 전날 시티 가이드에게 들은 이야기를 들려주었다.

"이 강에는 상어도 오고 고래도 온대."

그가 놀란 눈으로 쳐다보면서 믿을 수 없다며 고개를 저었다. 그리고 나에게 고래를 본 적이 있는지 물었다. 수족관에서 본 적이 있고, 괌에서 가족들과 고래 떼를 보기도 했다고 말했다. 나의 이야기를 듣던 그의 표정이 어두워졌다. 이란에서 온 그는 미국과 모국의 관계 때문에 여행 출입 허가에 문제를 겪고 있어 가족을 만난 지 6년이 넘었다고 했다.

"보고 싶겠다. 미안해."

그의 어깨를 쓰다듬으며 위로를 전하고 함께 고래가 나온다는 강을 바라보았다. 그리고 한동안 소리 없이 울었다. 그와는 꽤 오랫동안 안부 메일을 주고받았다. 1년 후 캘리포니아주에서는 학회 일정이 겹쳐 호텔 로비에서 짧게 만나 긴 포옹을 나누었다. 여전히 우리는 각자의 나라에서 일어나는 크고 작은 일들을 뉴스로 접할 때면 메일로 안부를 묻는다. 친구의 나라가 편안하길 바라는 마음으로.

　미국으로 가기 전에 남편의 집으로 들어가 서너 달을 살았다. 그 서너 달 동안 심심하다는 말을 입에 달고 사는 나에게 남편이 어학원의 '고학력 이주자를 위한 프로그램'을 제안했다. 독일에서 직업을 가지고 생활하고 있는 사람들을 위한 프로그램으로 영주권이나 시민권을 취득할 수 있는 어학 시간을 증명해 주었다. 유학 온 지 수년이 지났기에 어학원에 다닐 이유가 없었지만, 남편이 독일 정부로부터 받은 펠로우쉽에서 프로그램 참여비를 지원해 주는 데다가 심심함을 달래기에도 좋을 것 같았다. 지금도 내 SNS에 와서 댓글로 장난을 치는 친구는 그곳에서 만났다.
　간호사로 요양원에서 일하던 친구는 간호학원 강사로 이직을 하기 위해 어학원에 등록했다고 했다. 누가 먼저랄 것도 없이 마음을 내보이며 같이 점심을 먹고 주말엔 함께 산책했다. 내가 영주권을 따서 계속 독일에 머물 거라 생각하는 친구에게 곧 미국으로 이주한다는 사실을 알렸다.

"널 속이는 것 같아서 지금이라도 말하려고. 나 이제 곧 미국으로 떠나. 그런데 그 짧은 시간에 너무 외로운 거야. 그래서 남편이 지원받는 어학원 프로그램을 알려 줬어. 그리고 널 만났지."

가만히 듣던 친구가 말했다.

"네가 미국으로 떠나도 우리는 친구야. 중국에는 이런 말이 있어. '인연은 사람의 힘이 아니라, 하늘의 힘으로 만들어진다'. 부모 자식 관계도, 너와 나처럼 친구 관계도 모두 하늘이 만들어 준 거야."

아이스크림을 먹다가 나도 모르게 훌쩍거렸다. 그날의 그 말은 여전히 친구와 나 사이의 진리처럼 끈끈하게 남아 있다. 하늘이 맺어 준 인연이라 믿는 친구 덕분에 나는 오늘도 친구의 장난스러운 댓글에 행복해진다.

내 일이라면 늘 앞장서서 변호하고 나를 보호하는 친구 R과는 사소한 사건으로 우연을 맺고 결국 인연이 되었다. 대학원 동기였지만 그 사건이 있기 전까지 그와는 한 번도 점심을 같이 먹어 본 적이 없었다. 그날은 우연히 도서관에서 R과 대각선으로 앉아 과제를 하고 있었다. R이 다가와서 물었다.

"혹시 젤리Gummi 있니?"

공부하다 보면 당이 떨어질 때도 있으니, 가방에 늘 넣어 다니던 곰돌이 젤리 봉투를 내밀었다. 그런데 그가 갑자기 크게 웃기 시작했다. 조용하던 도서관에 R의 웃음소리가 커다랗게 퍼져 나갔다. 순간 나도 모르게 얼굴이 빨개졌고 경비 아저씨는 당장에 조용하지 않으면 우리 둘을 쫓아내겠다고 다가와 말했다. 웃음을 멈추지 못하고 R은 나를 복도로 끌고 나갔다.

"하하하. 너 때문에 나 오늘 죽을 뻔했어. 하하하. 난 너한테 지우개가 있는지 물었어, 젤리가 아니라. 근데 젤리를 갖고 있는 너도 너무 신기해서 웃었어. 미안해. 기분 나빠하지 마."

지우개(구미, Gummi)를 젤리(구미, Gummi)로 착각한 나는 그렇게 R과 친구가 되었다. 아주 각별한 친구. 지금도 R과 나는 우리 우정의 시작은 젤리였다고 믿는다. 신제품이 나올 때마다 마트를 뒤져 가며 사 먹는 나의 요상한 젤리 사랑을 R은 인정하고 이해한다. 우리의 시작이 젤리에게 빚진 거나 다름이 없으니 말이다.

서사 없이 만난 친구들과 가끔 시작의 기억을 나누다 보면, 소소한 기억들이 각자의 마음에 큰 구석을 차지하고 있음을 알게 된다. R은 젤리로 시작된 우리의 관계를 그 어느 순간보다 웅장하게 기억하고 있다. 그 시작을 통화로 나누다가 우리는 서로 젤리 회사에 이 사연을 보내보자고 깔깔거리고, 그러다 서로가 보고 싶어 울었다. 파독 간호사인 중국 친구는 우리의 만남을 약혼자에게 드라마적인 요소를 넣어서 설명한다고 했다. 하늘이 맺어 준 인연이라나 뭐라나 하면서. 이란에서 온 유학생 친구와는 지금도 강에 떠밀려 온 고래의 사연을 상상해서 이야기를 나누곤 한다. 길 잃은 아기 고래를 찾으러 온 엄마 고래는 아닐까, 헤어진 연인 고래를 찾아온 건 아닐까. 우리는 매일의 마지막 인사에 고래 안부를 잊지 않고 넣으며 첫 만남을 그렇게 추억한다.

친구들과의 첫 만남을 떠올려 보니 우연이라고 하기엔 가볍지 않고, 인연이라고 하기엔 깊은 서사를 지니고 있지 않다. 분명한 건 그날을 기억하는 사람은 나와 친구뿐이라는 것 아닐까.

사랑하고 싶다면

마라톤과

복싱을

독일 베를린에서는 '손기정 마라톤 대회'가 열린다. 1회
대회의 개최를 앞두고 학교 학생 커뮤니티에 공문이 올라
왔다. 한국 대사관에서 주최하는 행사에 신청한 한국인이
적다며 참여를 독려하는 내용이었다. 평소 뛰지도 않고
자전거도 겨우 학교 정도까지만 모는 내가 무슨 용기가
생긴 걸까. 강에 놀러 가도 수영하러 뛰어드는 친구들을
바라만 볼 뿐인 내가, 항상 피크닉 돗자리를 홀로 지키는

내가 어떤 이유로 마라톤 참가 신청서에 이름 석 자를 적었는지 지금도 의문이다. 먼 곳에서 애국자가 된다는 말을 듣곤 했는데, 그럴지도 모르겠다. 아무 준비 없이 참가한 대회에서 드라마와 같은 기적은 없었다. 완주는 했으나, 꼴등이었다.

그다음 날부터 다음 해에 있을 2회 손기정 마라톤 대회를 위해 아침마다 집 근처 공원을 뛰기 시작했다. 비록 도착선을 마지막에 밟긴 했지만 완주했다는 자신감으로 시작한 새벽 달리기였다. 알람으로 눈을 뜰 때마다 늘 힘들게 몸을 세웠다. 그래도 막상 계단을 내려가 어두운 새벽길의 공기를 마실 때면 무거운 몸을 세운 나 자신이 기특하기도 하고 고맙기도 했다. 공원은 3분 거리에 있었다. 준비운동을 하며 이웃들에게 인사를 하는 그 순간만큼은 당장 몇 킬로도 거뜬히 뛸 수 있을 것 같았다.

처음 한 달간은 뛰다 걷다를 반복했다. 터질 것 같은 심장박동에 맞춰서 숨을 내쉬다가 결국은 달리기를 멈춰 서는 순간들이 잦았다. 학교 도서관에서 찾아본 달리기 교본은 호흡과 발 디딤에 집중하라고 알려 줬지만 나는 늘 터질 것 같은 심장박동과 거친 숨소리에 집중했다. 그러다 튀어나오는 나의 과거와 마주하곤 했다. 예상과 다르게 늦어지는 학위, 그 원인처럼 느껴지는 나의 무능력함, 유학 생활 내내 이어진 사건 사고들, 벌려 버린 사회 활동들, 어느 시련과 고비 앞에서 늘 소극적인 나의 초라함이 달리는 내내 떠올랐다. 한숨을 내쉬고, '으~' 신음도 내어 보다 "나도 내가 싫어" 하고 소리를 지르며 달리는 날이 이어졌다. 신기하게도 달리는 동안 튀어나오던 과거들이 달리기를 마치고 집으로 걸어가는 길에는 떠오르지 않았다. 몸의 고통과, 또 불만족스러운 과거와 시끄럽게 싸우다 돌아오는 길에는 오히려 마음이 고요해졌다.

마라톤 대회는 1년이 더 미뤄져 2년 만에 개최되었다. 2년간의 새벽 달리기로 달리는 몸을 만든 나는 조금은 편안하고 여유롭게 출발선에 들어섰다. 한국인들의 함성과 독일 선수들을 향한 가족들의 환호가 들렸다. 커다란 환호성 속에 2년의 내 목소리가 떠올라 울컥했다. 새벽마다 나를 몰아세우며 달린 시간이 언제부턴가 나를 향한 응원으로 바뀌었기 때문이었다. 나를 향한 자책의 발길질과 나 자신에게 소리치는 순간들이 점차 줄어들면서 어느새 '그래, 괜찮아', '달려 보자'라며 스스로를 다독이고 있었다. 달리는 동안 떠오르던 과거의 아픈 기억이 사라지고, 그 자리에 오늘의 할 일과 내일이면 더 나아져 있을 나에 대한 기대감이 채워지기 시작했다. 몸과 머리가 동시에 나를 응원했다. 그 2년이 지나 나는 마라톤 출발선에 서 있었다. 그렇게 출발했고 11등으로 도착했다. 만족스러운 결과였다.

달리는 몸은 남편이 있는 도시로 이사를 하면서 점차 걷는 몸으로 바뀌었다. 전반적인 생활도 바뀌었다. 아침에 남편이 출근하면 나는 기차를 타고 한 시간 떨어진 도심의 도서관으로 향했다. 책도 읽고 산책도 하고 커피도 마시며 나만의 시간을 보내다 남편 퇴근에 맞춰 집으로 돌아가는 기차를 탔다. 버스정류장에서 퇴근하는 남편을 기다렸다가 함께 40분을 걸어가 장을 보고 저녁을 해 먹고 다시 남편과 나가 자전거를 타거나 산책을 했다. 걷는 생활이 주는 안정감이 느껴지던 때였다.

그러다 남편의 미국행이 급하게 결정되면서 나의 진로에도 조금의 변화가 생겼다. 걷는 속도에 맞춰 안정적이던 내 심장박동에 조금의 변화가 생겼다. 일어나는 시간이 들쑥날쑥해지고, 매일 걷는 산책길에서 앞으로 다가올 미래에 대한 걱정만 털어놓게 되었다. 남편은 조급해하는 나의 모습에 한 번씩 불만을 쏟았고, 각자의 미래에 대한 배려가 서로에게 느껴지지 않는다며 싸울 때도 많았다. 종종걸음으로 걷거나 뛰어야 할 때가 다가오자, 걷는 속도에 맞춘 평온함이 깨지고 우린 각자의 보폭을 비난하며 서로를 미워했다.

그즈음에 남편의 친구가 한 체육관으로 우리를 초대했다. 체육관이란 말에 간단한 스트레칭 정도만 생각하고 갔는데 막상 도착해서 보니 '복싱체육관'이었다. 체육관에 들어서기 무섭게 코치의 구령에 맞춰 스트레칭을 시작했다. 팔 벌려 뛰기, 앉았다 일어서기, 발목 돌리기 등 기본적인 스트레칭이 끝나자 사람들은 익숙한 듯 오른쪽 사람의 뒤통수를 바라보며 원을 만들었다. 코치는 목에 걸고 있는 호루라기를 불면서 박자에 맞춰 동작을 알려 줬다. 팔굽혀 펴기 1회 하고 한 발짝 앞으로 가기. 그다음은 바닥에 등을 대고 누웠다가 몸을 세우며 앞으로 가기. 이 동작들을 하면서 열 바퀴를 돌면 이제는 반대 방향으로 돌아 왼쪽 사람의 뒤통수를 보고 동작을 반복했다.

처음 서너 바퀴는 앞사람과 뒷사람 사이에서 속도와 동작을 놓치지 않았지만, 점점 숨이 차고 동작 실수를 하면서 뒷사람이 나를 재촉하거나 기다려 줘야 하는 횟수가 늘어 갔다. 미안한 마음에 대열에서 빠지려 하자 뒷사람은 괜찮다며 계속해 보자고 했다. 그렇게 오른쪽과 왼쪽 사람이 배려하고 도움을 준 덕분에 그날 두 시간의 훈련을 포기 없이 마칠 수 있었다. 오랜만에 턱 끝까지 숨이 차오르는 운동을 하며 땀을 흠뻑 흘리고 나자 기분이 좋아졌다. 남편과의 대화도 각자의 진로가 아닌, 운동에 관한 것으로 자연스레 화제가 전환되었다.

다음 날, 온몸이 아파 남편과 서로 앓는 소리를 내면서 아침을 먹었다. 서로 물을 필요도 없이 그날 저녁 다시 훈련에 참석했고, 이후로는 한 번도 빠지지 않고 복싱체육관에 갔다. 고강도의 훈련에 아침마다 끙끙거리며 시리얼을 먹었지만 저녁이면 운동복으로 갈아입었다.

몇 주 후 훈련 시간에 처음으로 남편이 내 뒤에 섰다. 동작을 마치고 순식간에 한 발짝 앞으로 나가야 하는데 조금씩 뒤처졌고, 그런 나를 남편은 기다려 주고 때로는 손을 잡아 일으켜 세우거나 앞으로 밀어 주었다. 힘든 동작으로 서로 거친 숨만 내쉴 뿐 그 어떤 말도 할 수 없었지만, 꼭 말이 필요하지도 않은 것 같았다. 이어서 방향을 바꿔 내가 남편의 뒤에 서게 되었을 때는, 이번엔 내가 나를 돕느라 힘을 써 버린 남편을 돕고 싶었다. 속도가 늦어지는 남편과 살짝 더 거리를 두고 한 발짝을 두 발자국으로 늘려 주었다. 두 시간의 트레이닝이 끝나고 집으로 돌아가는 버스에서 우린 어느 때보다 많이 웃었다. 그날 아마 서로의 역할을 알지 않았을까.

체육대회 때 한 번도 선수로 뽑혀 본 적이 없는 내가 마라톤을 하고 복싱도 한 것은 독일에서였다. 마라톤 출전을 목표로 2년 동안 새벽 달리기를 하며 쏟아부었던 말들과 그 말들이 변하던 순간을 가끔 떠올려 본다. 나를 향한 비난의 말들이 어느새 나에 대한 칭찬과 응원으로 바뀐 때에 내 삶에 큰 변화가 있었던 건 아니었다. 여전히 비슷한 일상을 이어 가고 있었고, 학업에 크게 진전도 없었다. 단지 매일 달리면서 숨이 차오르는 나에게 응원을 보낼 수 있는 건 오로지 나뿐이란 걸 알았을 뿐이었다. 다른 이에게 비난을 받을지언정, 스스로 위로조차 해 줄 수 없다면 내가 얼마나 불행할지 생각했다. 오롯이 내가 나에게 해 줄 수 있는 응원만이 나를 세울 힘을 지녔다는 생각이 들었다. 달리지 않았다면 알 수 없었을 사실이다. 복싱체육관에서의 두 시간 고강도 훈련을 남편과 하지 않았다면 걷고 있던 길에 왜 갑자기 달려야 하냐고, 남편과 나는 여전히 서로를 미워하고 있을지도 모른다.

더는 마라톤 대회에 맞춰 달리지 않고, 복싱체육관을 찾아 운동하지도 않는다. 언젠가 기회가 주어진다면, 달리고 싶고 훈련도 해 보고 싶다. 건강을 위해. 무엇보다 나를 사랑하고 남편을 더 사랑하기 위해.

독일 의
첫 기억은
책이다

독일의 첫 기억은 무엇이었을까. 가끔 해외생활의 첫 기억을 묻는 이가 있다. 나에게 독일의 첫 기억은 '책'이다. 더욱 구체적으로 풀어 보자면, '책 읽는 사람들'일 것이다.

공항에서 나와 이민 가방 두 개를 끌고 시내행 지하철 역으로 가는 버스를 기다렸다. 기다리는 동안 주변 사람들을 쳐다보게 되었다. 어떤 사람은 가족과 전화 통화를 하고 있었고, 어떤 사람은 베를린 지도를 보고 있었다. 내 앞에 서 있는 사람은 캐리어 위에 엉덩이를 기대고 앉아 책을 읽고 있었다. 두꺼운 페이퍼백. 그리고 얼마 지나지 않아 전화기를 귀에 대고 있던 사람도, 베를린 지도를 보던 사람도 책을 꺼내 읽기 시작했다. 흐릿한 날씨에 어둑했지만 그들은 버스를 기다리며 각자의 책을 읽고 있었다. 이어서 탄 지하철에서도 책을 읽고 있는 사람들이 보였다. 나도 가방에 들어 있는 이문구 선생님의『관촌수필』을 당장 꺼내 같이 읽고 싶었다. 그날 독일에 첫발을 디딘 나는 책을 읽는 사람들의 세상에 들어선 것만 같았다. 그들과 나란히 앉아 주머니에서 책을 꺼내 읽고 싶은 간절함으로 나의 첫 해외생활은 시작되었다.

한국보다 책값이 비싼 독일에서 유학생에게는 새 책을 사는 것보다 도서관에서 대출하는 편이 나았다. 그런데 도서관 책을 보는 건 책값의 부담을 줄여 준다는 점에선 좋았지만, 독일어 까막눈이에게는 불편한 일이었다. 책에 밑줄을 긋거나 모르는 단어에 뜻을 적어 둘 수 없었다. 또한 독일어가 부족해서 느리게 책을 읽는 나에게는 도서 반납일도 빠르게 다가왔다. 많은 불편함과 아쉬움이 있었지만 책 가격을 생각하면 어쩔 수 없는 일이었다.

하루는 동기를 지하철에서 우연히 만났다. 나란히 앉아 가는 길에 나도 동기도 책 한 권을 꺼냈다. 동기의 책은 손바닥만큼 작아 주머니에 쏙 들어가는 크기였고 아주 예쁜 노란 커버를 덮고 있었다. 노란 커버에 까만 잉크로 적힌 제목이 눈에 들어왔다. 『On Liberty』. 학부 때 들었던 수업 내용이 생각나 동기에게 몇 마디 덧붙이자, 동기도 신이 난 듯 대화를 계속 이어 갔다. 동기에게 주머니에 들어가는 책을 읽게 된 계기, 곧 나의 독일 첫인상을 이야기해 주니 책 읽는 문화가 신기할 수 있다는 것이 도리어 더 신기하다고 했다. 그리고 주머니 책으로는 자신이 들고 있는 책의 출판사가 적합하다면서 시내의 한 대형서점에 가면 한 벽면이 이 노란 책으로 가득 채워져 있다는 신비스러운 이야기까지 들려주었다.

그날 학교 수업이 끝나자마자 동기가 알려 준 신비의 벽면이 있다는 그곳으로 갔다. 서점에 들어섰을 때, 바닥에 털썩 앉아 책을 읽고 있는 아이부터 스릴러 코너에 있는 할아버지까지 많은 손님들이 보였다. 당장 벽면으로 달려가고 싶었지만, 신비한 기운이 있는 그곳의 사람들에게 호기심이 생겼다. 시끄러운 소리를 내지 않으려는 듯 조곤조곤 얘기하는 엄마에게 소곤소곤 대답하는 아이의 소리를 듣고 있자니, 너무나 좋아 덩달아 내 귀도 간질거렸다. 이미 계산이 끝난 책에 자기 이름을 크게 적고 있는 아이의 야무진 손이 사랑스럽고, 빨간색 장바구니에 가득 책을 담고 있는 아주머니의 거침없음이 부러웠다. 넥타이가 없는 정장 차림의 아저씨는 10대 청소년 코너에서 책을 고르며 자주 웃음을 지었다. 10대 자녀를 둔 아빠의 마음이었을까. 자신의 10대를 떠올린 소년의 마음이었을까. 서점 안의 사람들에게 홀딱 빠져 꽤 긴 시간을 책이 아닌 책을 든 사람들을 구경했다.

동기가 알려 준 노란 책은 2유로(한화로 2,600원), 비싸면 5유로(6,500원)에 구입할 수 있었다. 보통 15-20유로(19,500-26,000원)인 책을 바구니에 담을 때와 달리 내 손도 신이 났다. 그날 담은 노란 책들을 지금 운영하고 있는 서점에 두었다. 노란 책들을 힐끗 볼 때마다 그날의 서점과 그곳의 사람들이 생각나곤 한다.

커다란 주머니가 달린 재킷을 좋아하게 된 건 나도 길거리 독서를 즐기기 시작하면서다. 언제 어디서든 읽을 수 있게 이왕이면 주머니에 들어갈 수 있는 크기의 책을 골라서 들고 다녔다. 집 앞 공원에 산책을 하러 나가서도 잠시 벤치에 앉아 쉴 때면 주머니에서 책을 꺼내 읽었다.

은행이나 약국에 갈 때면 잠시 기다리는 동안에 역시 주머니에서 책을 꺼냈고, 학교로 가는 지하철역에서 친구를 기다리는 잠시의 시간에도 '꺼내 읽는 독서'를 즐기게 되었다.

주머니 재킷을 즐기는 만큼 '반 토막 연필'도 꼭 챙겨 다녔다. 긴 연필이 아니라 검지손가락 길이의 연필을 구하게 되었는데, 주머니에 들어가는 책 크기보다 살짝 작아 휴대용으로도, 책갈피용으로도 제법 큰 역할을 하였다. 언제 어디서든 읽고 쓸 수 있는 문화가 내 삶에 얼마나 큰 부분을 차지하게 되었는지, 첫 기억이 되어 준 공항 정류장의 책 읽는 사람들에게 늘 고마운 마음이다.

손바닥만 한 노란 책 사이에 반 토막 연필을 끼워 주머니에 넣고 외출하는 날은 든든했다. 혼자 있는 시간에도 작가의 수려한 문장들을 만날 수 있다는 생각에 외롭지 않았다. 괴테Johann Wolfgang von Goethe의 소설을 들고 나간 날이면 카페에서든 지하철에서든 엄지손가락을 들어 보이는 사람들과 눈인사를 나눌 때가 많았고, 토마스 만Thomas Mann의 소설을 읽고 있는 날이면 다른 토마스 만의 소설을 추천받기도 했다. 카페 옆 테이블에 앉은 중년 부부로부터 추천받은 토마스 만의 소설, 「행복에의 의지」 속 문장을 과제에 인용한 날은 교수님의 칭찬도 받았으니, 주머니 책들을 행운의 상징이자 해외생활의 증거처럼 늘 지니게 되었다.

미국에서는 독서 방법에 변화가 생겼다. 유럽에서 한 번도 몰지 않은 차를 몰아야 했기 때문이다. 차가 생기자, 주머니에 책을 넣고 운전석에 앉는 건 불편한 일이 되었다. 또 미국에 도착해서는 읽고 있던 노란 책과 독일에서 들고 온 주머니 책들에 잠시 흥미를 잃기도 했다. 자연스레 미국에서 읽는 책은 독일에서와는 전혀 다른 분야와 다른 크기로 바뀌게 되었다. 조수석에 에코백을 툭 던지고 차를 몰고 나가 카페나 식당에 도착해서 책을 꺼내 읽었다. 에코백 하나에 서너 권의 책을 넣고 다니다 보니 여러 권을 한꺼번에 읽는 병렬 독서 습관이 생겼다.

독일에서는, 독서는 개인의 영역인 것으로 나는 받아들였다. 홀로 걷는 산책 시간에 잠깐씩 즐기는 것, 카페에서 혼자 커피 한 잔 마시며 하는 것, 지하철에서 머리를 박고 읽는 것처럼 개인을 위한, 개인의 책을, 개인이 소화하는 시간으로 여겼다. 하지만 미국에서는 조금 달랐다. 카페 주차장에서 나처럼 에코백에 책을 담아 들고 오는 사람들을 심심찮게 볼 수 있었고, 카페에선 책을 가운데 두고 대화를 나누는 사람들을 자주 보았다. 도서관과 마을 커뮤니티 게시판에는 독서 모임이 꽤 많이 소개되었다. 열 명이 넘게 참여하는 그룹 독서 모임도 있었고, 두세 명이 하는 소규모 모임도 있는 걸 알게 되었다.

독일에서와는 다른 분야의 책들을 새로운 방식으로 읽으며, 미국의 책 읽는 사람을 만나 보고 싶어졌다. 독서 모임 한 곳에 메일로 참가 신청서를 보내니, 다음 날 오전에 바로 답이 왔다. 함께 하고 싶으면 윌라 캐더Willa Cather의 『대주교에게 죽음이 오다』를 읽고 오면 된다는 간단한 내용의 답신이었다.

도서관 2층에서 나보다 스무 살은 더 많은 아주머니가 웃으며 나를 반겼다. 다른 참석자들도 있는지 물었더니 나와 아주머니 둘뿐이라면서 아주머니는 둘이서 나누는 독서 모임을 즐긴다고 했다. 조금은 부담이 되었지만, 간단히 서로의 소개를 하고 몇 가지 가벼운 질문들을 주고받은 뒤에 읽어 온 책에 관해 이야기를 나눴다. 한 시간이 넘게 나눈 대화는 너무나 즐거웠다. 책 한 권을 처음 만난 사람과 긴 시간 나누면서 나는 독서가 개인의 영역일 뿐만 아니라, 사회적 영역일 수도 있다는 사실을 배웠다. 독일에서는 개인이 혼자 읽고 소화하는 독서를 주로 했다면, 미국에서는 읽고 쓰고 나누는 확장된 독서를 할 수 있었다. 더 나아가 미국에서는 두 개의 다른 독서 모임 활동을 병행하면서 다양한 분야의 책을 접하게 되었고, 다른 톤과 목소리로 대화를 나누는 법도 배웠다.

책을 다루고 쓰고 나누며 살고 있는 지금, 나의 옛 경험들을 자주 떠올린다. 주머니에 손을 넣으면 한 손에 잡히던 그 책을 스스로 '주머니 책'이라 불렀다. 개인의 독서를 즐겼던 독일에서의 경험은 나 자신을 스스로 성장시켜야 했던 독일의 생활과 무척이나 닮아 있다. 유학 시절 초창기에 나는 스스로 일으키는 힘이 그리 강하지 않았다. 자책과 자기 비난이 정도가 지나칠 때도 있었고, 힘든 상황에 주변에서 주는 도움조차 나에 대한 동정이라 오해하기도 했다. 그때마다 불안하고 옹졸한 마음을 주머니 책으로 다독였다. 한 줄 한 줄 읽어 가며 하나씩 하나씩 내 안에 쌓이는 단어와 문장들은 스스로 나를 챙기던 때에 가장 큰 어루만짐이었을 것이다. 반면에 미국에서의 독서는 세상과 대화하고 그 속으로 들어가 보라고 나에게 말을 건넸다. 학교와 학계 안의 테두리가 아닌, 외국인이라는 존재로 그 세상에 서 있는 듯한 느낌이 들었다. 그러자 두렵고 어색한 감정 대신 세상 구경을 하고 싶다는 마음이 커졌다. 이미 독일에서 조금은 강해진 덕분일 것이다. 새로운 대륙에서 이리저리 두리번거리는 것이 아니라, 방향을 정해 놓고 달려가서 맘껏 누려 보고 또 다른 방향으로 무작정 달려가 한껏 느껴 보고 싶은 마음이 들었다. 그것이 모험이더라도 두렵지 않았다. 새 대륙에서만큼은 나를 괴롭히거나 미워하지 않고 나를 사랑할 사람들에게 내처 달려가고 싶은 마음이었다. 나에게 미국은 그런 땅이었고, 그곳에서 만난 책들은 나에게 그런 힘을 기꺼이 내어 주었다.

늘 책에 빚지며 살고 있다는 나의 마음은 그렇게 태어난 감정이다. 이 기나긴 코로나가 끝나 베를린 공항에 도착한다면, 버스정류장 앞에 여전히 책을 읽는 사람들이 있을 거라 믿는다. 그 미래가 벌써 그립다.

pünktlich

독일의 서점에서는 제목에 '독일에서 꼭'이 붙은 책들을 쉽게 찾을 수 있다. 관광 도시인 베를린의 경우, 서점에 들어가 보면 여행 책자 옆에 '독일에서 꼭'으로 시작하는 책들이 진열되어 있다. '독일에서 꼭' 가야 할 곳, '독일에서 꼭' 먹을 것, '독일에서 꼭' 알아 둬야 할 것, '독일에서 꼭' 보는 문화 등 다양한 주제들이 낱권으로 판매된다. 가끔 독일에 여행 오는 친구들에게 선물하기도 했다. 책 한 권으로 독일의 세세한 문화까지 알 수 있기 때문이다. 선물 받은 친구들은 처음에는 관광책자를 받은 것마냥 시큰둥 해했지만, 잠시 머무는 동안 책 속의 사람들과 문화를 직접 만나는 것에 놀라며 재미있어했다.

특히 이 책들에 자주 언급되는 것이 있는데, 바로 '시간' 이다. 독일에서 한 달 살기, 독일 여행하기, 독일 문화에 관한 책을 살펴보면 빠짐없이 시간에 대해 이야기한다. 주로 묘사되는 것은 파티장이다. 8시에 시작하는 파티에 초대받은 사람들이 7시 50분에 다 모였다. 그러자 한 사람 이 손님들이 다 왔으니 파티를 시작하자고 얘기한다. 그 때 다른 한 사람이 손목을 손가락으로 두들기며 말한다.

"pünktlich(핑크트리히)."

'제때'라는 뜻이다. 즉, 10분 일찍 다 모였을지라도 미리 약속한 대로 8시에 정확히 시작하겠다는 것이다. 시계를 찬 손목을 두 손가락으로 두들기는 이 장면은 일러스트로 도 만화로도 그려져 '독일에서 꼭' 시리즈에 종종 등장한 다. 융통성 없는 독일 사람들을 풍자하기도 하면서, 시간 을 대하는 독일인들의 진중함을 보여 주는 것이다. 나는 후자에 늘 공감했다. 융통성 없어 보이는 독일 사람의 태 도가 사실은 시간을 존중하는 의미였음을 독일의 시간 속에 살면서 알게 되었다. 독일에서 독일의 시간으로 살아가는 것은 진중하게 시간을 대하는 것이었다. 나의 시간도 당신의 시간도 동시에 존중하는 태도와 같은 것 말이다.

독 일 의 시 간,

한 국 의 시 간

오후 5시 30분이면 서점의 노란 커튼을 친다. 서점 문을
닫았다는 뜻이다. 29분이면 커튼 귀를 잡고 기다린다. 1분
뒤, 5시 30분에 어김없이 커튼을 치고 서점의 전원 스위
치를 모두 내린다. 그리고 어린이집에서 엄마를 기다릴
아이를 데리러 간다. 아이도 그 시간을 나처럼 어김없이
기다린다는 생각에 나는 걸음을 늦추지 않는다.

어느 날, 5시 29분에 손님이 들어왔다. 나는 양해를 구

했다. 1분 후면 서점 마감 시간이고 아이를 데리러 가야 한다고. 손님은 불쾌함을 표시하며 나갔고 분이 풀리지 않았던지 다시 돌아와, 자신은 분명 1분 전에 들어왔으니 30분 정도는 책을 볼 수 있는 일 아니냐며 화를 냈다. 아이를 데리러 가는 길에 그런 생각이 들었다. 어쩌면 손님 말처럼 내가 잘못한 일일지도 모른다는.

남편과 독일에 살 때, 화요일마다 '스테이크 데이'를 만들어 두었다. 화요일 오후 두 시에 동네 사람들로 북적이는 정육점에 가서 스테이크 200그램 두 덩이를 산다. 집에 가져와 올리브 오일과 소금, 후추, 허브로 밑간을 해서 랩을 덮어 두고 버스 정류장으로 간다. 연구소 퇴근 시간은 4시였다. 버스 정류장에 4시 15분쯤 서 있으면, 17분에 남편이 버스에서 내린다. 스테이크와 함께 곁들일 맥주를 사러 마트로 향하며 하루의 일과를 서로 주고받는다. 집에 돌아와서는 재워 둔 스테이크를 구워 먹고 사 온 맥주를 마시면서 끊임없이 대화를 한다. 오후 6시. 여전히 떠 있는 해가 있으니, 남편과 저녁 산책길에 나선다. 수요일은 '무비 데이'로 정해 두고 동네 작은 극장에서 영화를 보았고, 금요일 저녁에는 주말을 앞두고 맘 놓고 마늘이 들어간 한국 음식을 만들어 먹었다. 우리의 저녁 시간은 특별하지 않았다. 많은 독일 사람들의 저녁 시간도 크게 다르지 않았으므로.

가족들과 시간을 보내고 요리는 직접 해 먹는 저녁 생활 습관을 독일 사람들은 고수한다. 집으로 돌아가면 무엇을 하며 보내냐는 질문에 대부분의 독일 사람들은 요리를 하고 가족과 보낸다고 대답한다. 독일 생활에서 크게 놀란 부분도 그와 관련이 있다. 대형 마트가 주로 6시에 문을 닫는다. 동네 정육점과 식료품점은 그보다 일찍 4시면 문을 닫는다. 주말에는 아예 쉬는 상점이 많고 열더라도 토요일 오전 11시까지만 영업하는 곳이 대다수다. 처음에는 나도 불편하다고 투덜대던 것들이다. 저녁 늦은 시간까지 열린 마트나 편의점이 익숙했고 주말 영업은 당연하게 받아들였다. 그런데 독일 사람들은 내 기준에서는 불편한 영업시간에 대해 그 누구도 불평을 하지 않았다. 그들은 '나'뿐만 아니라, 나에게 서비스를 제공하는 '당신'도 공평하게 저녁 생활을 누려야 한다고 생각하기 때문이다. 4시에 퇴근하는 직장인이라면, 4시에 문을 닫는 정육점의 서비스를 누릴 수 없다. 하지만 그 누구도 정육점의 영업시간과 방식을 비난하지 않는다. 설사 당신이 3시 59

분에 도착했다고 하더라도 말이다.

사실 지금도 적응하지 못하는 부분은 '약속 정하기'와 관련이 있다. 해외에서 살 때, 보통 두 달 전이나 한 달 전에 저녁 약속을 잡았다. 만남을 제안한 이도 제안을 받는 이도 서로의 저녁 시간을 존중하기에 여유 있게 시간을 두고 잡는다. 하지만 한국에 와서는 몇 시간 전에도 저녁을 함께 먹자는 연락을 받곤 한다. 물론, 만나자는 지인들의 마음은 늘 고맙지만 저녁 시간은 온전히 가족과 보내고 싶은 마음이 아직은 크다. 저녁만큼은 퇴근하고 돌아가 나의 공간에서 나만의 시간을 보내고 싶기도 하고 말이다. 저녁 약속은 반가울지라도 이왕이면 몇 주 전에, 아니 닷새 전만이라도 잡히면 좋을 것 같다는 바람이 있다. 어쩌면 나는 아직도 독일 시간을 살고 있는지도.

솔직히 독일 시간이 맞는지, 한국 시간이 맞는지 따져 보는 것은 어리석은 것만 같다. 그저, 하루 12시간을 신발 한번 벗지 못하고 일하는 남편과 9시간을 서점이라는 열린 공간에서 일하는 나에게는 저녁 시간이 필요하다. 맞벌이 부모와 떨어져 9시간을 어린이집에 있는 아이도 저녁 시간이 필요하고, 그 아이 곁에서 온전히 있어 주고 싶은 마음도 어쩔 수 없다. 하지만 누군가는 하루 종일 아이

와 머물다 저녁에 겨우 외출할 시간이 날 테고, 또 누군가
는 가족과 저녁을 보내는 것보다 친구와 식사를 하고 싶
을지도 모른다. 타인의 저녁 시간을 쉽게 단정 지을 수는
없다.

그럼에도 독일의 저녁 시간이 그립다는 건 부정할 수
없다. 단지 오후 4시면 퇴근하는 직장 생활이 아니라, 퇴
근 이후에 이어지는 나와 모든 이들의 시간을 존중하는
태도를 그리워한다. 내가 누려 본, 그래서 더욱 생각나는
그 시간을 가족과 친구들이 맛볼 수 있으면 좋겠다. 독일
사람들이 저녁 시간에 두는 의미를. 모든 이의 시간을 존
중하는 태도를.

내 아이의

이 름

많은 이들이 내 아이를 '아톰'이라 부른다. 미국의 'Atomic city'에서 남편과 나에게 찾아온 아이라 붙여진 태명이다. 오래 기다린 아이였기에 깨지지 말라는 의미에서 아톰 (Atom, 원자)이라고 남편이 지었다. (고전 물리에서는 깨지지 않는다고 했지만, 현대 물리에서는 깨짐이 밝혀졌다.) 고전 물리에 의하면 깨지지 않는다는 아톰이가 무사히 우리 곁에 왔음을 오늘도 감사해하며 살고 있다.

아톰이가 딸일지, 아들일지 모를 때 남편과 아이의 이름을 고민하며 성별에 맞는 이름을 적어 두었다. 필립Filip과 한나Hannah.

'필립'은 남편 연구소 멘토이자 우리 부부의 친구인 물리학자 이름에서 따온 것이다. 필립 박사는 남편을 사막 한가운데 해발 3천 미터에 위치한 국립연구소의 연구원으로 채용했다. 아침마다 흘러내린 쌍코피로 새 대륙에 도착했음을 알았다. 일어나면 휘청거릴 정도로 어지러운 두통과도 싸워야 했다. 고산병이라는 것도 학회장에서 만난 필립 박사가 말해 주고 나서야 알았다. 늘 우리 부부의 건강을 먼저 물어봐 주고 새로운 환경에 적응은 잘 하고 있는지 살피는 필립 박사의 태도는 언제나 따뜻했다.

어느 일요일 이른 점심에 필립 박사의 초대를 받았다. 네 커플이 함께한 점심 식사에 한 커플이 임신과 출산으로 대화를 끌고 나가고 있었다. 필립 박사는 가만히 듣고 있다가 조심스레 다른 화제로 대화를 이끌었다. 나중에 안 사실이지만, 우리 부부에게 '아이'가 마음 아픈 이슈일수도 있을 거라는 박사의 배려였다. 미국에 있는 동안 남편은 필립 박사의 도움으로 뜻깊은 연구에 참여했고, 나는 가끔 만나 나누는 짧은 대화에서도 큰 위로와 힘을 얻었다. 미국뿐만 아니라, 세계적으로 저명한 물리학자인 필립 박사는 자신의 명성을 드러내기보다는 쌓인 경험과 실력을 먼저 나눠 주는 사람이었다. 내 아이가 꼭 지녔으면 하는 점은 필립 박사의 그런 모습이었다.

'한나'라는 이름은 내 대학원 동기인 친구 C의 어머니 이름에서 따온 것이다. C는 명절을 혼자 보내는 나를 자신의 부모님 집으로 초대했다. 종교개혁자 마틴 루터의 후손인 C의 어머니는 자신을 '고귀한 이름을 가진 여자'라고 소개했다. 곳곳에 루터의 흔적을 간직한 집을 소개해 주며, 귀한 여자 자손에게 주어지는 이름이 '한나'라고 설명했다. 부엌으로 나를 이끌고 간 한나는 앞치마를 둘러 주면서 함께 점심 식사를 준비하자고 했다. C, 그의 형, 형의 부인, 조카 두 명, C의 아버지, 어머니 한나 그리고 나까지, 우리는 부엌에서 토마토를 썰고 파프리카를 썰면서 대화를 나눴다. 그 순간에 나는 C의 가족이 된 기분마저 들었다. 한나는 나에게 다가와 마당에서 뽑아 온 당근을 보여 주며 간단한 조리법을 알려 주었다. 그리고 한 번씩 내 어깨를 다독였다. C는 웃으면서 말했다.

"우리 엄마는 사랑이야."

돌이켜보면, 나에게 C도 사랑 그 자체였다. 학교 도서관에 처음 간 날, 개인 노트북을 연결하지 못하고 있자 C가 먼저 다가와 알려 주었다. 학생 식당에서 가장 빛이 좋은 자리를 알려 준 것도, 마트에서 살 수 있는 가장 맛있는 초콜릿을 알려 준 것도 C였다. 인종차별을 작게 크게 겪을 때 내 옆에서 목소리를 내준 것도 C였고, 그룹 과제에 나를 꼭 팀원으로 데려가 준 것도 C였다. 나의 어색한 발음과 엉망진창인 문법을 짜증 한 번 없이 고쳐 준 것도 C였으니, 내 친구 C는 사랑 그 자체라 할 수 있다. C와 한나뿐만 아니라 C의 가족 모두가 사랑이었다. 식사 시간에 계속 먼저 말을 걸어 주고, 사소한 것도 괜찮은지 물었다.

그날 헤어질 때, 한나는 깨끗이 씻은 당근을 내 가방에 넣어 주었다. 알려 준 조리법이 적힌 쪽지와 함께. 그리고 나를 꼬옥 껴안고는 이렇게 말했다.

"우리에게 보현 너는 이제 가족이야. 널 위해 기도하마. 다음 명절에 또 보자."

오래 손을 흔들며 나를 배웅하는 가족들을 나는 돌아볼 수 없었다. 눈물이 쏟아졌고 한 손으로 눈물을 닦으며 휘청휘청 자전거를 역으로 몰았다. C는 그날 저녁 나에게 메일을 보냈다. 어머니 한나가 참 오래 울었다고. 그 이후

143

로 나는 명절마다 C의 집에서 요리를 같이 준비하고, 한나가 전해 주는 식자재와 조리법을 받았다. 통조림 귤을 소스 삼아 만든 쌀 샐러드는 내가 여전히 가장 사랑하는 음식이다. 나를 배려해서 오랫동안 연구한 조리법을 전해 준 한나와 C의 가족들이 그립다.

아톰이의 성별을 알기 전에, 우리는 두 사람에게 긴 메일을 보냈다. 우리 아이가 아들일 경우에 '필립'이란 이름을 주고 싶다고 말했더니, 필립은 흔쾌히 허락했다. 영어식 필립과는 다른 스펠링의 필립을 우리 아이에게 이어 불린다는 것은 자신에게도 영광이라고 했다. 아톰이를 향한 축복의 인사가 가득한 메일이었다. 그리고 한나에게서도 축복의 기도와 마틴 루터의 자부심도 느끼라는 인사가 담긴 답신이 왔다. 아톰이가 어느 이름을 갖더라도 축복 속에서, 사랑 속에서 자랄 것만 같았다. 내가 받은 사랑을 아톰이가 이어받기를, 그 받은 사랑을 나눠 주며 살기를. 오늘도 사랑 그 자체인 내 아이 한나에게 바란다.

스몰 토크,

스타벅스 토크

유럽에서 10년을 살다가 북아메리카로 넘어갔을 때 처음에 놀란 부분은 바로 '스몰 토크'small talk였다. 스몰 토크는 유럽에서는 볼 수 없는 문화이다. 최근에 찾아 본 유튜브에서도 스몰 토크에 대해 "너무 싫은 대화법"이라고 정색하는 독일인을 보았다. 카페에서 주문을 할 때마다 왜 점원이 그에게 "How are you?"(잘 지내나요?)를 묻는지 이해할 수 없다고 했다. 아메리칸적인 문화라며 고개를 젓는 사람도 있었고, '굳이 애써 하지' 않아도 될 대화라고 덧붙이는 독일 사람들도 있었다. 그들을 보며 미국에서 나눴던 스몰 토크가 떠올랐다.

'스몰 토크'란 말 그대로 작은 대화, 간단한 대화를 칭한다. 주로 엘리베이터나 카페, 또는 공원에서 처음 본 사람과 가볍게 나누는 이야기다. 처음 미국에 도착해서 호텔에 머무는 동안 엘리베이터에서 나누었던 대화들이 스몰 토크였음을 한참이 지난 후에야 알았다. 사실 나는 그 대화들을 나에 대한 호의로 보고 무척이나 위안을 얻었었다. 어쩌면 상대방은 별 의미 없이 건넨 말들을 나는 새로운 대륙이 나에게만 보내는 긍정적인 시그널로 해석했던 것이다. 기분 좋은 착각이었다.

카페 종업원과 스몰 토크를 나누는 미국에서의 일상이 익숙해질 무렵, 나는 '스타벅스 토크'라는 것을 또 발견했다. 어반 사전*에도 나오지 않을 단어를 내가 직접 만들었다. 내가 명명한 '스타벅스 토크'란, '스타벅스에서만 할 수 있는 정치적 토론'을 뜻한다. 이 말의 유래를 설명하자면 이렇다. 미국 뉴멕시코주의 아주 깊고 높은 곳에 짐을

---

* Urban Dictionary, 신조어를 살펴볼 수 있는 사전

푼 나와 남편은 '정치적 발언 제한'이라는 암묵적인 룰을 따라야 했다. 그 도시에는 미국 정부가 직접 관리하는 연구소가 있었는데 그곳에서는 정치색을 드러내면 안 되었다. 마을 주민의 90퍼센트 이상은 그 연구소에 소속된 사람들이었고, 어느 주보다도 선거와 투표에 열의를 갖고 있었던 그들은 연구소에서 할 수 없는 정치 이야기를 스타벅스에서 할 수 있었다. 어쩌면 해야만 했을지도.

스타벅스 토크는 토론자들에 제약을 두지 않는다. 내 옆에 앉아 있는 사람, 옆 테이블에 있는 사람, 주문할 차례를 기다리는 사람… 누구든 참여할 수 있다. 주제도 다양하고 자유롭다. 진행 방식도 없다. 그저 한 사람이 "요즘 트럼프 정부에서 말하는 아프리카 사냥 허용을 어떻게 생각해?" 운만 떼면 된다. 그럼 금세 스타벅스는 토론장이 된다. 친정부와 반정부 상관없이 토론을 이어 간다. 그 어떤 격앙된 목소리나 다툼은 없다.

스몰 토크로 본의 아니게 위로를 받았던 나는 스타벅스 토크를 통해서 소속감을 갖기도 했다. 아시아인이라서, 여자라서, 어려서라는 수식어는 존재하지 않았다. 나는 옆 테이블에 앉아 있단 이유로 그들의 이야기를 들었고, 발언할 수 있는 기회도 얻었다. 자연스럽게 토론에 참여하면서 나도 모를 자신감이 생겼다고나 할까. 외국인이나 이방인이 아니라, 그 순간만큼은 그 도시에 사는 이웃, 목소리를 낼 수 있는 한 존재처럼.

어쩌면, 나는 스몰 토크와 스타벅스 토크를 통해서 사람에 대한 그리움을 덜어 내고 있었을지도 모른다. 유럽생활을 마치면 한국으로 돌아갈 줄 알았다. 그러나 미국에서 새로운 해외생활을 시작했고, 갑작스런 또 다른 해외생활에 나는 불안했다. 그때의 불안감은 외로움이었나 보다. 막연한 외로움과 두려움을 '스몰 토크'로 위안받고, '스타벅스 토크'로 털어 냈으리라. 나에게는 분명 '힐링 토크'였지 싶다. 유럽 사람들은 이해 못 할 것이다. 이방인으로 살아 본 이라면 충분히 이해할 수 있겠지만.

토끼 인형을

찾아라

제네바, 그레노블, 리옹, 콘스탄츠, 샌디에고, 엘에이, 뉴올리언스. 이것들은 나에게 도시 이름이 아니다. 집에 있는 토끼 인형의 이름이다. 여행지에서 데려와 도시 이름을 붙여 주었다. 처음에는 별다방에서 도시마다 파는 시티컵을 사서 모을까 했지만 그건 이사가 잦은 나에게는 무거운 짐을 모으는 것과도 같았다. 냉장고에 붙이는 자석은 자석과 몸통이 분리되는 일이 잦아서 본드로 붙여 가며 모으느니 차라리 사지 말자고 생각했다. 그래서 선택하게 된 게 토끼 인형이다. 침대 위에도 두고 소파 위에도 두고, 지나가다 바라보며 당시 여행지를 떠올리곤 했다.

여행지마다 토끼 인형을 찾아다니느라 계획에 없던 지역을 방문하기도 하고, 발품을 팔아 장난감 가게를 돌아다니기도 했다. 여행의 루틴처럼 남편과 나는 토끼 인형 찾기를 즐겼다. 학회 일정과 출장 일정이 잦았던 미국에서는 토끼 인형을 더욱 모았다. 주로 대도시에서 열리는 학회장 주변에는 갈 만한 명소들이 많았고, 명소 앞에는 늘 토끼 인형을 파는 상점이 있었다. 그 도시와 어울리는 토끼 인형을 골라 그 도시 이름을 붙여 주면 나의 기억이 고스란히 토끼 인형 안에 담겼다. 그 도시의 기억은 가끔 사진보다 토끼 인형이 더욱 자세히 알려 주었다.

모든 도시가 특별하지만 그중에서도 토끼 인형을 핑계로 여행 계획을 더욱 치밀하게 세울 때 방문한 워싱턴 D.C.Washington, D.C.가 기억에 남는다.

워싱턴 D.C. 여행은 '행정·정치 계획 도시'라는 성격에 맞춰 일정을 짰다. 워싱턴 기념관과 링컨 기념관에 이어 현재 정치의 상징인 백악관까지 둘러보았다. 백악관 주변에는 오바마 전 대통령의 단골 식당들이 있어 석 달 전에 예약해서 방문도 했다. 또 당시 백악관 주인인 트럼프 대통령의 부를 상징하는 빌딩도 둘러보러 갔다. 계획대로 차례차례 장소를 옮겨 가며 도시의 모습을 사진에 담았다.

도시 중심부의 관광이 마무리되어 우버*를 타고 외곽으로 빠져나가는데, 우버 기사가 오른편을 손으로 가리키며 말했다.

"여행 중이시죠? 그렇다면 저길 꼭 가 보세요. 한국전쟁 참전 용사들 추모 공원이에요. 전 자주 갑니다. 참전 군인들의 표정을 꼭 보세요. 겁에 질린 표정. 그들은 갓 스무 살이었어요. 열여덟, 열아홉도 있었어요. 열일곱도…."

남편과 별 얘기 없이, 우리는 그날의 모든 일정을 취소했다. 그리고 우버 기사가 말한 한국 전쟁 추모 공원으로 향했다. 그곳의 분위기는 엄숙했다. 전쟁은 승리국과 패전국이라는 결과를 남기는 것이 아니라, 공포에 질린 병사들의 고통을 남겼다. 우리가 그날 바라본 것은 분명 전쟁의 얼굴이었다.

추모공원을 둘러보고 이어서 쇼아 추모관으로 향했다.

---

* Uber, 택시와 비슷한 형태로 운전자가 자차를 이용해서 손님을 태우는 방식

보통은 유대인 학살을 홀로코스트Holocaust로 부르지만 유
대인들은 그 표현을 혐오한다. '홀로코스트'는 '제물'이란
뜻을 담고 있기 때문이다. 그 대신에 그들은 '재앙'을 뜻하
는 '쇼아'Shoah라는 표현을 쓴다. 이 같은 사실을 나는 그날
쇼아 추모관에서 알았다.

　1층에서 엘리베이터를 타고 3층의 추모관으로 이동했
다. 엘리베이터 안에서 숙덕숙덕하던 소리들은 엘리베이
터 문이 열리자마자 사라졌다. 그 누구도 알려 주지 않았
지만, 소리를 내지 않는 것이 추모라는 것을 알았기 때문
은 아닐까. 어린아이들이 조금이라도 목소리를 높이면 부
모는 이 공간의 의미를 설명했고, 이내 아이들은 함께 조
용히 침묵하며 걸었다. 남편과 나는 여행지마다 손에 들
고 있던 휴대폰을 꺼내지 않았다. 그저 침묵 속에 침묵을
남겼다. 워싱턴 D.C.의 여행은 쇼아 추모관을 마지막으로
마무리되었다.

　한 해 뒤에 한국행을 결정짓고 송별회를 하던 날이었
다. 친구들이 미국에서 가장 기억에 남는 장소가 어디인
지 물었다. 나는 워싱턴 D.C.라고 고민 없이 말했다. 미국
정부의 시작을 보여 주는 워싱턴 기념관부터 남북전쟁을
상징하는 링컨 기념관에 이어 현대의 미국 정치인의 힘을

보여 주는 장소도 보았다고 덧붙였다. 그리고 위대한 역사 뒤에 분명히 우리가 알아야 할 역사의 얼굴이 있음도 나누었다. 전쟁의 얼굴, 학살의 얼굴. 잊지 말아야 할 사람들이 있다는 것. 그 여행이 나에게 알려 준 기억 이상의 각인이라고 표현했다. 장소나 기념물로 기억하는 추억이 아니라, 내 마음에 직접 새겨야 할 역사의 얼굴일 테니.

제네바, 그레노블, 리옹, 콘스탄츠, 샌디에고, 엘에이, 뉴올리언스 등 많은 토끼 인형들 중에 워싱턴 D.C.가 없는 이유이다.

지금도

　　　　애증하는

외국어들아!

독일어를 겨우 읽는 정도에서 시작한 독일 유학 생활은
녹록지 않은 정도가 아니라, 매일이 시험대에 올라선 느
낌이었다. 두렵기도 하고, 벌거벗겨진 것처럼 부끄럽기도
하고, 온전히 전해지지 않은 사소한 것들에 화가 나기도
하고, 때로는 그 모든 것이 한 번에 달려들어 지탱할 힘마
저 빼앗아 가곤 했다. 언어라는 것이 무엇이기에 일상을
흔들어 놓을 만큼 의무적이고 커다란 영역인지 원망하던

때도 있었다. 하지만 결국에 나에게 돌아온 것은 '언어로 일으켜 세워지는 순간이 있었다'는 기억이었다.

나를 무너뜨리기도 하고, 나를 짓누르는 힘보다 더 큰 힘으로 나를 잡아 이끈 외국어는 독일어이다. 이젠 나의 두 번째 언어이기도 하다. 독일어를 싫어하게 된 이유가 수만 개라면, 좋아하는 이유는 수만 개 하고 한 개쯤 더 될 듯싶다. 처음엔 영어로 모든 것이 가능할지도 모른다는 배낭여행 베테랑 친구의 말을 믿었다. 수십 개국을 여행 하면서 수십 개의 언어를 접했는데, 영어로 그 모든 언어 를 배울 수도 혹은 대신할 수도 있다는 친구의 경험담은 나에게 근거 없는 자신감을 불어넣었다.

하지만 자신감만으로는 해결될 수 없는 부족한 실력과 엉성한 읽기 능력은 학교 수업 첫 시간부터 눈물을 쏙 빼 게 만들었다. 누군가는 화장실에 숨어 울었다고 했지만, 나는 첫 수업이 끝나고 화장실에 갈 새도 없이 책상에 앉 아 눈물을 쏟아 냈다. 창피하기도 하고 무서웠다. 사고를 쳐서 유학을 왔다는 말이 아닌, '유학으로 사고 쳤다'는 표 현이 더 맞지 않을까. 아침에 눈을 뜨면 다시 밤이길, 아직 잠들지 않은 어제의 밤이길 얼마나 바랐는지 모른다. 하 지만 늘 아침은 찾아왔고 제시간보다 더 빨리 찾아왔다.

학교 가는 길, 지하철 안에서 들리는 독일어에 이미 두려웠다. 학생 식당에서 결제하는 아주 단순한 상황에서도 계산대의 직원이 거는 질문에 지레 겁을 먹고 얼굴이 빨개졌다. 그게 아마 나의 유학 생활 초반의, 외국어에 갇힌 일상일 것이다.

첫 방학 때 어학원에 다니면서 그저 소리로 들리기만 하던 독일어의 뉘앙스와 발음, 구조를 이해하기 시작했다. 한식당 아르바이트를 하면서 일상에서 어떤 말을 주고받는지를 알게 되었다. 올바른 문법과 고급 어휘로 이루어진 완벽한 문장이 주는 힘보다, 두 단어를 연결해서 만든 일상적 위트가 더 쓸모 있음을 알았다. 한식당에서 처음에는 영어로 주문을 받고 서빙을 했지만, 곧 어색한 발음으로라도 독일어로 한두 단어씩 이어 가며 인사를 전하고 단골에게도 안부를 물었다. 어학원에서 독일어 표준어에 베를린 지방어*까지 배웠고, 영어와 비슷한 독일 어휘들을 따로 모아 외우면서 단어량 늘리기에 힘을 쏟았다. 그즈음 학기가 다시 시작되면서 식당에는 일주일에

---

* 독일어의 표준어(Hochdeutsch)는 수도 베를린 언어에 기초를 두지 않는다. 베를린에서는 사투리를 사용한다.

하루만 나갔다.

하루는 한식당 사장님에게서 전화가 걸려 왔다.

"보현 씨, 식당에 관한 글인데 보현 씨도 잡지에 담고 싶다는 칼럼니스트가 왔네요. 하루 나와 줄 수 있을까요?"

내가 일하던 날 식사를 했던 손님은 음식 전문 칼럼니스트였고, 그는 한국 음식과 파독 간호사로 독일에 들어온 사장님에 대해, 그리고 어설픈 독일어로 주문을 받던 나에 대해 글을 쓰고 싶어 했다. 인터뷰와 함께 몇 장의 사진을 직접 촬영한 칼럼니스트는 얼마 뒤에 나에게도 잡지를 보내 주었다.

"독일어가 서툰 웨이트리스에게 메뉴마다 설명을 부탁했다. 그녀는 얼굴을 찡그리거나 망설임 없이 미소 가득한 얼굴로 정확히 메뉴를 소개하고 추천했다. 그녀의 위트도 기억에 남을 것이다. 영어도 능숙하니 그녀에게 주문할 수 있는 행운을 누려 보길 바란다."

분명 나는 독일어가 서툰 웨이트리스였다. 웨이트리스가 손님에게 줄 수 있는 최선의 서비스는 손님이 원하는 정보를 정확한 언어로 전달하는 것, 그래서 손님이 원하는 음식을 먹는 것이다. 나는 그러한 서비스를 온전히 그리고 완전히 제공할 수 있는 웨이트리스가 아니었음에도 잡지 속의 나는 최선의 서비스로 미션을 완료한 웨이트리스로 그려져 있었다.

잡지에 글이 실리고 몇 주 후에 칼럼니스트는 내가 일하는 시간대에 맞춰 식당에 왔다. 그리고 나에게 어김없이 메뉴 소개를 부탁했고 나는 최선을 다해서 메뉴를 소개했다. 칼럼니스트는 엄지를 세우며 말했다.

"Super! wie ich geschrieben habe(최고예요! 내가 썼던 것처럼요)."

독일 유학 중에 프랑스어를 배워야 하는 시기가 있었다. 국제법을 전공으로 선택했기에 피해 갈 수 없는 일이었지만 되도록이면 피하고만 싶었다. 프랑스어를 독일어로 공부해야 했다. 처음 배우는 외국어를 이제 막 배우고 있는 또 다른 외국으로 배워야 한다는 건 지금 생각해도 엄두가 나지 않는 일이다. 공립 어학원에 등록하라는 친구들의 조언을 따랐지만, 실력은 더디게 늘었다.

그때 우연히 10년을 이어 온 한국인 철학 모임을 알게 되었다. 주로 독일에 정착해 살아가는 한국인들로 구성되었으며, 철학과 교수의 지도하에 꾸려진 인문 동아리와 비슷했다. 모임은 주로 철학서나 논문을 강독하는 형식으로 진행되었다. 한 문장 한 문장 톺아보며 배워 가고 토론하는 그 시간이 자주 소름이 돋을 만큼 위로와 감동을 주었다. 놀라움은 철학서의 문장이 아니라, 함께 공부하는 이들이 모두 나보다 서른 살은 많다는 점에서 왔다. 프랑스어로 쓰인 학술서를 읽던 날, 버벅대던 나를 도와준 이들도 모두 내 엄마보다도 나이가 더 많은 이들이었다. 도움받아 가며 배운 프랑스어가 일취월장한 건 아니었지만, 그 모임이 언어에 관한 생각의 한계를 무너뜨린 건 분명했다. 어린 나이에 외국어를 배워야 한다고 익히들 말하지만, 그건 사실이 아닐지도 모른다. 누구든 마음만 먹으면, 약간의 욕심만 부리면 난생처음 보는 꼬부랑글씨도 읽을 수 있다. 나이 60이 넘어서도 말이다.

미국에서 영어 대신에 중국어를 배웠다고 말하곤 한다. 내 얘기를 듣고 다들 웃지만 나는 언제나 이 부분에서 진지하다.

인구 2만 명 남짓한 작은 도시에서 소모임을 통해 소속감을 갖고 싶어 덜컥 배드민턴 클럽에 가입했다. 집 앞 교회에서 하는 요가 클래스와 배드민턴 사이에서 살짝 고민했는데, 요가 수업에는 옆 사람과 대화를 할 기회가 없을 것 같아 배드민턴을 선택했다.

가입 첫날 배드민턴 채만 달랑 들고 체육관에 들어섰다. 체육관에는 주고받는 셔틀콕 사이로 익숙하지 않은 중국어만이 오갔다. 대다수가 중국인으로 구성된 클럽이었고, 팀 구성과 경기는 중국어로 짜이고 치러졌다. 소모임을 통해 모국의 커뮤니티를 꾸려 나가는 방법을 이해하면서도, 팀 구성에서 밀려나 셔틀콕 한번 못 만져 보고 나오는 경우가 많아지자 오기가 생겼다. 도서관 게시판을 통해 중국인 튜터를 찾았다. 간단히 4성과 독음을 배우고, 내가 하고 싶은 말을 튜터에게 보여 줬다.

'저도 함께 경기하고 싶어요.'

'저랑 같은 팀 하실래요?'

'제가 오른쪽에 설까요?'

'지금 공이 선을 넘었나요?'

'지금 우리가 몇 점이죠?'

튜터는 나의 상황을 이해하는 듯했고, 중국 사람들이 듣기에 수월한 중국어 문장으로 바꾸어 알려 주었다. 매주 두 번씩 튜터를 만나 배운 중국어는 배드민턴 한 경기 해 보자는 나의 바람이자 독기였다. "같은 팀으로 한 경기만 하고 싶다"는 중국어는 지금도 문득 입에서 튀어나올 정도로 연습을 많이 했고 실전에도 써 본 문장이다.

체육관이 열려 있는 두 시간 동안 한 경기도 못 하고 나오기를 석 달. 그 사이 중국어로 능청스럽게 할 줄 아는 문장이 서른 개가 넘었고, 어느 순간 내가 참여할 수 있는 경기가 늘었다. 가끔은 두 시간을 꽉 채워 경기를 하기도 했다. 마지막에 숨을 헐떡이며 좋은 경기였다고 인사를 하고 나오면서도 쉼 없이 바로 다음 경기에 들어가고 싶은 욕심이 생겼다. 경기를 더 뛰고 싶다는 마음이 아니라, 중국어를 더 나누고 싶다는 생각이었을 것이다.

한계에 부딪힐 때면 늘 외국어를 배우던 순간을 떠올린다. 가끔은 내가 부딪혔던 것이 '외국어'였을까, 스스로에게 묻기도 한다. 내가 부족한 것을, 내가 인정하지 못하는 모든 것을 '외국어'에 뒤집어씌워 변명하고 원망했던 건 아닐까. 지금에 와서 생각해 보니, 외국어가 나에게 남긴 것들에 미안해지고 감사해진다.

사춘기를 크게 겪으며 휘청거리던 고등학생 시절, 복도에서 만난 교감 선생님이 불러 세워 들려준 말이 있다.

"보현아, 너는 남들이 할 수 없는 경험을 하느라 힘든 거다. 특별한 경험이 너를 힘들게 하는 거야. 이겨 내 보자."

'이겨 내 보자'. 특별한 경험을 하느라 힘들었던 나의 해외생활을 어쩌면 외국어 덕분에 이겨 냈을지도 모르겠다. 그 사실이 오늘도 고맙다. 결국, 배우면 다 쓸데 있다던 엄마의 말이 맞았다.

소소한

기억을

모아

소소하게 하나, 팁 많이 받는 팁

독일에서는 팁을 주되, 테이블 단위로 계산한다. 한 명
이 먹어도 네 명이 먹어도 한 테이블에 보통 50센트에서
많으면 2유로 정도를 준다. 반대로 미국에서는 전체 금액
의 15-20%를 주고, 테이블이 아닌 개별적으로 계산하는
경우가 흔하다. 독일의 한인 식당에서 일하던 때에 큰 금
액의 팁을 받은 적이 있다. 독일어가 완벽하진 않아도 능

청스럽게 주문을 받을 여유가 생긴 때였다. 대부분 메뉴 1번 불고기를 추천하다가, 자신감이 생기면서 설명하기 번거로운 돌솥비빔밥을 추천하기 시작했다.

"괜찮으시다면 제가 비벼 드려도 될까요? 제가 기술자예요. 간장보다는 고추장이 훨씬 좋아요. 스시는 간장이지만, 비빔밥은 고추장이에요. 그리고 이렇게 비비면 끝이라고 말하는 사람은 맛을 모르는 사람이에요. 자, 마지막엔 앞에 놓인 김치를 몇 조각 바닥에 두세요. 그리고 그 위에 비빈 밥을 꾹꾹 눌러요. 바로 먹으면 된다? 아니에요. 정확히 2분 10초 정도 기다리시면 가장 맛있는 돌솥비빔밥이 됩니다. 자, 여기까지예요. 전 그럼 갈게요. Guten Appetit!(구텐 아페티!)"

저녁에는 막걸리를 팔았는데, 늘 막걸리와 잔만 전달하고 오다가 어느 날은 흔들어야 맛있다는 말을 건네게 되었다. 이왕이면 나이만큼 흔들어야 건강해진다고 덧붙인 나의 농담 때문에 나이만큼 세게 흔든 중년 부부의 테이블이 엉망이 되고 말았지만, 그 누구도 화를 내지 않았다. 오히려 더욱 웃음이 넘쳐났고, 나는 그 테이블에서 잊지 못할 팁을 받았다.

"팁은 막걸리 값만큼 드릴게요. 이건 우리 부부에게 웃음을 쳤기 때문이에요. 다음에 당신도 막걸리를 마실 때 우리처럼 행복하길 바라면서 막걸리 값을 드려요."

당시에 막걸리 값은 40유로(한화로 52,000원)였다.

소소하게 둘, '망했다' 하는 순간들

집에서 급하게 나오다가 "망했다"라고 말했다. 열쇠를 두고 나온 거다. 다시 들어가서 챙겨오면 될 일이 아니다. 문이 닫혔기에. 독일의 가정집들은 문을 잡고 있지 않는 한 저절로 닫히고 잠긴다. 독일에서는 아직도 대부분이 열쇠를 들고 다닌다. 누군가의 주머니에서 쨍그랑 소리가 난다면 그건 동전이 아니라 열쇠들이 부딪히는 소리이다. 아무튼 열쇠를 놓고 나온 날, 하루 종일 머릿속에서 '300 유로!'(39만 원)를 외쳤다. 열쇠 수리공은 10초 만에 문을 열어 주면서 300유로를 청구하니까, 적어도.

실수로 쓰레기통에 페트병을 버리다가 "망했다"라고 말했다. 독일에서는 '판트'*라고 해서 물이나 음료수를 살 때마다 병의 보증금을 지불한다. 판매가에 보증금이 포함

---

* Pfand System, 독일의 공병 보증금 환급 제도

되어 있는 셈이다. 페트병은 25센트(325원)의 보증금이 붙는다. 나는 페트병을 버린 것이 아니라, 아까운 내 돈 25센트를 버리고 만 것이다. 25센트면 학교 식당에서 요거트를 사 먹을 수도 있고 주먹만 한 빵도 사 먹을 수 있다. 쓰레기통 앞에서 망연자실한 이를 본다면 그도 페트병을 버렸을지 모른다. 아니, 25센트를.

소소하게 셋, 노벨상 수상자를 만나는 게 쉬운 일인가

환경단체에서 일하던 어느 날, 기다리던 메일을 받았다. 기후 연구소에서 보낸 것으로 꼭 만나고 싶던 교수님과의 미팅 일정도 담겨 있었다. 국제법과 환경법을 두고 전공 선택에 고민이 많던 때라 미팅이 더욱 기대되었다.

교수님이 공과 대학교에서 명예 교수상을 받는 날, A4 용지 두 장 분량의 대화 내용을 적어 암기하고 미팅룸에 들어갔다. 생각보다 왜소하고 여린 이미지의 교수님이었다. 노벨상을 받아 든 사진 속에서는 위엄만이 가득했는데 직접 만나니 조금은 다른 느낌을 풍겼다.

교수님과의 짧은 미팅을 끝내고 수상식장으로 향했다. 준비한 말을 제대로 하지 못한 것만 같았고, 영어와 독일어가 뒤죽박죽된 내 말이 너무나 부끄러웠다. 수상식은 대학 총장님의 축하인사로 시작되었다. 이어 교수님의 수상 소감이 이어졌다. 그리고 나는 그날 많은 사람의 부러움을 받았다.

"저는 이 수상식에 오기 전에 한국에서 온 한 여학생을 만났습니다. 제가 준비해 온 인사말에 앞서 소개하려 합니다. 그 여학생은 환경이 우리에게 주는 메시지를 명확하게 알고 있을 뿐만 아니라 그것을 위해 싸울 준비가 되어 있었습니다. 눈빛이 말해 주더군요. 그리고 저에게 당당히 청소년들에게도 환경 교육의 기회가 주어져야 한다고 말했어요. 아주 인상적이었습니다…."

이 일화를 남편에게 말해 준 적이 있다. 노벨상 수상자 교수님과 나의 첫 만남이 얼마나 특별했는지를 두 눈 글썽이며 들려주었다. 남편은 무덤덤하게 나를 쳐다보더니 말했다.

"나는 매일 노벨상 받은 사람이랑 점심을 먹어."

그 이후로는 절대 남편에게 이 이야기를 꺼내지 않는다. 김샜다. 그야말로.

소소하게 넷, 운수 좋은 날

남편과 내가 가장 좋아하는 도시는 독일 남부의 카를스루에이다. 명망 높은 공과 대학과 디자인학교로 알려진 도시이기도 하지만 무엇보다 교통의 요충지로 많은 사람들이 오가는 곳이다. 프랑스로 떠나는 기차를, 독일 북부와 동부로 떠나는 기차를 모두 이곳에서 탈 수 있다. 남편과 머물고 있던 슈투트가르트Stuttgart에서 40분이면 갈 수 있어서, 주말 당일 여행지로 좋았다. 계획도시답게 성을 중심으로 방사형으로 뻗은 도로 덕분에 성을 바라보고 걷기만 하면 길을 잃을 일도 없었다.

봄에는 성을 중심으로 꽃이 피고, 봄에 어울리는 공연과 전시회가 곳곳에서 열린다. 여름에는 도로에 10미터마다 피아노가 놓여 있는 시즌제 행사가 있어 누구든 그 피아노에 앉아 연주하고 노래를 부를 수 있다. 가을엔 성 주변 공원을 확대 개방해서 모두가 즐길 수 있는 공원 축제가 있다. 많은 이들이 맥주 한 병을 들고 공원에 앉아 길거리 음식을 즐기며 가을을 만끽한다. 겨울에는 역 앞 동물원과 성 마당을 이용해서 축제를 벌인다. 따뜻한 와인이 기다리고 있으니, 겨울에도 춥지 않은 산책을 할 수 있다. 이처럼 계절마다 각기 다른 색을 보여 주는 것이 이 도시

의 매력이다. 그러나 남편과 내가 이 도시를 유난히 사랑
하는 이유는 따로 있다. 운 좋은 날에 대한 기억이 있어서
이다.

남편이 모처럼 연구소 실험이 없던 어느 토요일, 아침
일찍 출발해서 카를스루에 중앙역에 도착했다. 매표소 앞
에 서 있는데 한 노부부가 오더니 표를 내밀었다. 당신들
은 이제 이 도시를 떠나니 방금 도착한 우리에게 당신들
이 쓰던 교통권을 준다는 것이었다. 망설이는 우리를 보
고 노부부는 따뜻하게 웃으면서 손에 표를 쥐여 주었다.
운이 좋게 교통권을 얻은 우리는 트램*을 타고 성으로 이
동했다. 성 앞에 도착했을 때, 한 중년 여성이 와서 튤립
한 송이를 주었다.

"오늘 당신의 미소와 어울릴 튤립이에요."

꽃시장에서 꽃을 한 아름 들고나오는 길인데 손잡고 걷
는 우리 부부가 사랑스러웠다고 했다. 그날은 공짜 티켓
에 내 미소를 닮은 튤립을 들고 종일 카를스루에를 누볐
다. 휴대폰 케이스를 구입하러 들어간 전자기기 매장에서
운 좋게 1+1 쿠폰이 당첨되어 남편과 커플 케이스를 하게

---

* Tram, 지하철과 열차처럼 생겼으나 도시의 작은 구간을 이동하는 전
차. 유럽에서 주로 볼 수 있는 교통수단

되었고, 돌아가는 길에 들른 초콜릿 가게에서 갓 나온 초콜릿을 선물 받았다.

그날 이후 방문한 카를스루에에서 또 다른 선물을 받거나 특별히 좋은 일이 일어나지는 않았다. 그날이 처음이자 마지막이었지만, 그날의 기억 덕분에 늘 기분 좋은 기대를 하게 되는 도시가 되었다. 언젠가 나도 지나가는 이에게 남은 교통권을 주거나, 튤립 한 송이 뽑아 건네주는 날이 오겠지. 운을 나누는 내 모습도 기대하게 된다. 꼭 카를스루에에서 나눠야지.

소소하게 다섯, 자전거 빼고 해외생활을 말할 순 없어서

영화감독 이길보라의 『해보지 않으면 알 수 없어서』에는 네덜란드 유학 생활의 자전거 일화가 자주 언급된다. 나도 어디 가서 빠지지 않을 자전거 일화를 기억해 내보려다가 울컥한 적이 있다. 학교로 향하던 매일의 자전거 위에서, 자전거로 지나가는 길 위에서 많은 것을 보았을 텐데, 인종차별주의자에게 머리를 세차게 맞은 기억이 모든 것을 지배해 버렸다. 그 한 번의 기억만 빼면 온통 특별하고 행복한 기억들이다.

아르바이트가 끝나면 막차를 놓치는 일이 많아 자전거를 타기로 했다. 하루는 집으로 가는 길에 멀리서 번쩍번쩍 빛을 내는 곳이 보여 자전거 페달을 힘차게 밟았다. 그곳에는 영화 〈아멜리아〉에서 보았던 흑백 즉석 사진기가 있었다. 마침 주머니 안에 팁으로 받은 동전이 넉넉해서 고민 없이 그 새벽 나를 사진기 안에 세워 흑백의 나를 찍었다. 지금도 액자에 끼워 책상에 둔 그 사진이 그날의 자전거 위의 나를 기억나게 한다.

남편의 이야기도 있다. 남편이 하루는 아주 비싼 자전거를 샀다. 산에서 함께 자전거를 타는 스코틀랜드인 친구의 권유로 구입한 것이었다. 비싼 자전거를 처음 개시한 날, 산에서 크게 굴러 티셔츠에 피를 잔뜩 묻히고 돌아왔다. 그날의 사고로 남편은 한동안 자전거를 세워 두기만 했다. 자전거를 함께 타던 친구가 주말 바이킹을 제안할 때마다 나를 핑계 대거나 남은 실험을 변명 삼았다. 하루는 주말에 비가 온다고 하니 다음으로 미루면 좋겠다는 남편에게 친구가 슬픈 얼굴로 말했다고 했다.

"넌 소금으로 만들어진 건 아니잖아."

한 번의 큰 부상으로 겁을 낸 자전거를, 남편은 친구의 그 말 이후로 다시 산에서 타기 시작했다. 소금으로 만들어지지 않아 다행이라는 친구와 함께.

　가끔 자전거로 저녁 운동을 나가는 날 비가 오면 남편과 서로 쳐다보며 호흡 맞춰 얘기하곤 한다. "우린 소금이 아니니깐"이라고.

가족이
모든 것의
이유였다

이 글을 쓰는 동안 남편의 아버지가 돌아가셨다. 아무렇지 않게 묵묵히 큰일을 치르던 남편은 울지 않았다.

사람들이 우한 바이러스를 '코로나'로 정정해서 부르기 시작할 무렵, 화장실에서 낙상 사고로 아버지가 쓰러지셨다. 응급 수술을 놓친 탓에 피가 범벅이 된 병원 침대에서 아버지는 정신을 잃었고, 연명 치료를 하는 요양병원으로 옮겨졌다. 2년이 넘는 병원 생활 동안 우리가 찾아갈 기회는 고작 열 손가락 안에 꼽았고, 제한된 면회 시간은 짧은 인사를 나누기에도 턱없이 부족했다. 급하게 병원에서 걸려 온 전화를 받은 남편은 택시를 잡아타고 마지막 인사를 전하러 아버지에게로 향했다. 그리고 이내 다시 걸려 온 병원 전화에 마지막 인사도 전할 수 없게 된 것을 알았다. 한 시간 반 떨어진 곳에 있던 아버지를 집 근처 요양병원에 모셔 온 건 언제든 달려갈 수 있게 물리적 거리를 줄이고 싶다는 남편의 바람이 있어서였다. 누구보다 먼저 달려갈 거라던 남편은 서둘러 가는 길에 아버지의 죽음을 전해 들었다. 남편은 울지 않았다.

유학 생활이 지나고 직장 생활이 이어지자, 한국에 있는 부모님의 늙음을 마주했다. 20대의 나를 밀어 주던 부모님을 30대가 되어 만나면 시간에게 소리쳐 항의하고 싶을 정도로 야속한 세월의 흔적을 보게 된다. 30대 중반을 넘어서면서부터 남편과 귀국을 주제로 대화를 많이 나누었다. 귀국의 이유는 늘 부모님의 늙음이었다. 간혹 몸이 아프다거나 수술을 했다는 소식을 들으면 몇 날을 손에 일을 잡지 못하고 방황했다. 언젠가부터 휴대폰 진동을 벨 소리로 바꾼 것도 혹시나 놓칠 한국 소식 때문이었다. 한두 번 놀란 가슴을 쓸어내리고 나면, 귀국은 누가 먼저 꺼내지 않아도 결정된 일이 된다.

한국으로 돌아오는 일은 쉬운 일이 아니었다. 독일에, 미국에 더 머물면 그만큼 쌓이게 될 커리어가 눈앞에 선명했다. 그러나 놀란 가슴으로 마주하게 된 몇 번의 안 좋은 소식들에 비하면 커리어를 놓치는 것쯤은 아무것도 아닐 거란 생각이 들었다. 잘 다니던 직장에 각자 퇴직 소식을 알리고 남편과 서로 꼭 잡은 두 손에 후회하지 않을 거란 다짐을 담았다.

아버지의 죽음을 듣고 3분 뒤에 남편은 병원에 도착했다. 병원 직원은 아버지의 사망 소식보다 사망 확인서에 서명하라는 말을 먼저 했다고 한다. 죽음을 보기 전에 죽음에 서명을 먼저 한 남편은 곧장 장례식장을 알아보아야 했다. 코로나로 장례식장과 화장터가 부족하다는 말을 듣고 가족들 모두 전화기를 붙들었지만, 쉬이 아버지를 모실 곳을 찾지 못했다. 반나절이 지나고서야 겨우 구한 장례식장으로 모였을 때 남편도 나도 울지 않았다. 서명할 서류들과 처리해야 할 절차들, 돌려야 할 전화들, 챙겨야 할 아이가 죽음보다 더 앞에 놓여 있었다.

삼일장이 육일장으로 길어지면서 몸이 지쳐 가던 때에 아버지 입관식을 치렀다. 단정하게 노란 수의를 입은 아버지가 누워 있는 곳에서 작별 인사를 나누었다. 관을 닫고 앞뒤 쪽에 아버지의 이름을 적으라는 장례지도사의 말에 남편은 펜을 받아 들었다. 그리고 무릎을 꿇고 관에 아버지의 이름을 적으려던 순간에, 나는 떨리는 남편의 손에서 슬픔을 보았다. 일어서지 못하고 목 놓아 우는 남편은 그제야 아버지의 죽음을 받아들이고 있었다.

해외생활을 하다 보면 늘 귀국 시기를 생각해 보게 된다. 비자가 만료되는 시기가 귀국일일 수도 있고, 학위 졸업식으로 귀국일을 짐작해 보기도 하고, 근로 계약서가 귀국 시기를 알려 주기도 한다. 그런데 어느 순간부터는 그 시기를 서류가 아닌 가족 소식으로 결정짓게 된다. 평소 강인한 엄마도 무너질 때가 있다는 걸 몰래 전화를 건 이모를 통해 알았다. 이모는 늘 통화의 앞뒤에 덧붙였다.

"전화한 거 엄마한텐 비밀이다. 그래도 너는 알아야 할 것 같아서."

교통사고로 두 달간 병원에 입원했다는 이모의 말을 듣기 전까지는 엄마가 왜 숨죽여 통화를 하고 빨리 끊으려 했는지 알지 못했다. 걱정보단 화가 났다. 왜 그런 소식은 이모를 통해 듣게 하는지, 왜 멀리 있는 나에겐 비밀인지 엄마에게 화부터 쏟아 냈다. 언제나 내 서운함 뒤에 엄마는 사과를 했다.

"미안해, 딸. 엄마 안 아파."

그 말에 또 화가 나서 매몰차게 전화를 끊고는 펑펑 울었다. 난소에 혹이 생겨서 수술했다는 소식도, 갑상선 치료 소식도, 과로로 쓰러졌다는 소식도 항상 퇴원하고서야 알았다. 그때마다 나는 전화로 안부를 묻기보다는 나의 서운함을 먼저 드러냈다. 그리고 엄마는 늘 미안하다는 말을 건네며 슬퍼했고, 나는 또 그 말에 무너져 며칠을 울었다. 가족에 대한 안 좋은 소식이 전해 올 때마다 해외생활에 회의감이 들었다.

'한국에 있었다면 엄마가 아픈 소식을 내가 제일 먼저 알았겠지. 아니, 엄마가 아프기 전에 병원에 같이 가서 검사했겠지. 아니, 엄마는 안 아플지도 몰라. 내가 한국에 있었으면.'

한국에 들어와 호텔에서 머물며 집을 구할 때 엄마는 새벽 세 시에 지방에서 차를 몰고 서울로 왔다. 닷새 동안 남편과 내가 짐을 풀 집을 같이 구하러 다니고 끼니마다 식사를 챙겨 주고 살림에 필요한 물품들을 구하러 함께 움직였다. 시차 때문에 낮에도 곯아떨어지는 남편과 나를 차에 태우고 이리저리 움직이면서도 힘든 기색 하나 없이 우리를 먼저 살피는 엄마였다. 엄마가 다시 지방으로 내려간 날 오후에 나는 휴대폰을 개통했다. 그리고 호텔로 돌아와 쉬려는데, 서너 통의 전화가 걸려 왔다. 모두 엄마였다. 20분 간격으로 전화를 거는 엄마에게 대뜸 짜증을 냈다. 엄마는 서운함도 안 드는지 울음 섞인 웃음으로 말했다.

"안 믿겨서 그래. 엄마가 너한테 맘 놓고 전화를 할 수 있는 날이 왔다는 게."

남편과 두 손 꼭 잡고 후회하지 않을 거라던 귀국은 옳았다. 엄마의 말에 적어도 지금은 그 결정이 옳았다는 확신이 들었다.

긴 해외생활 동안 몇 번씩 돌아갈 곳이 있다는 생각이 변명처럼 들 때가 있었다. 그럼에도 해외에 머물며 더 큰 기회를 가져 보는 게 맞다고 위로하고 응원하던 가족들 덕분에 더 버텨 보기도 했다. 해외에 머물렀던 시간을 더 값지게 만든 것도, 귀국을 후회 없이 만드는 것도 가족들이 내어준 위로와 품 덕분이었다.

아버지의 장례를 마치고 남편과 시간을 가졌다.

"후회 안 하지? 한국에 온 거?"

"응. 이번 일 치르고 나니, 내가 한국에 오길 잘한 것 같아. 근데, 아빠를 마지막에 못 본 건 좀 아프네."

남편이 애써 태연하게 말했다.

다시 남편과 손을 꼭 잡았다. 우리가 잡은 두 손에는 이젠 후회하지 않으리라는 다짐보다는 안도와 안정이 담겨 있다. 해외생활의 쉼표가 이제서야 보인다. 비자의 만료 일자보다, 나의 근로 계약서 만기일보다 더 명확하게 보이는 해외생활 임시 종료일이 이제야 생긴 것 같다. 잠시라도 돌아오길 잘했다. 한국에 돌아온 지 3년이 지난 지금에서야 둥둥 떠 있던 내가 천천히 내려앉는 게 보인다.

Thank you,
　　Danke Ihnen,
　　　고 맙 습 니 다

글을 몇 장 정도 썼을 때 출판사 대표님에게 메일을 보냈다. 처음 책을 써 보는 초보 작가의 두려움 때문이었을 것이다. 진행 방향이 맞는지, 글의 흐름이 괜찮은지 물었다. 대표님은 조심스럽게 내 글이 너무 사유적이라고 했다. 해외생활에서만 느끼고 경험할 수 있었던 재밌는 일화들이 들어가면 좋을 것 같다는 조언도 받았다. 다시 읽어 본 내 글은 너무나 슬프고 안타깝고 사유적이었다. 징징거린다는 표현이 더 맞지 않을까. 며칠은 글을 쓸 수 없었다. 내가 기억하는 해외생활이 온통 무겁게만 느껴졌다. 글을 쓰려고 노트북을 열면 눈물부터 나왔다. 책을 쓰는 즐거움보다 글로 재현되는 나의 지난 시간들이 주는 아픔이 더 컸다. 그 아픔 속에 울고 있는 내가 보였고 함께 울던 사랑하는 이들이 보였다. 당장 글 속으로 뛰어 들어가 나를 데리고 오고 싶었다. 다그치기도 했다. 어리석었다고. 어렸다고.

다시 몇 문장씩 쓰기 시작했다. 울음을 멈추고 툴툴 털고 일어서던 내가 보였다. 분명 웃고 있는 내가 보이고, 또 어느 순간은 빛을 내며 걸어가고 있는 내가 보였다. 외딴 곳에서 누군가에게 먼저 다가가고, 다가오는 이에게 손도 내밀며 당당하게 함께 걷자고 말하는 내가 보이기 시작했다. 그때의 내가 지금 나에게 손을 흔들며 이런 모습도 담아 보지 않겠느냐고 웃음 지어 보이자, 글에 속도도 붙고 웃음도 따라붙었다.

쓰는 동안은 그때의 나를 마주하는 순간이자, 당시의 나와 대화해 보는 시간이었다. 이 글이 아니었다면, 나는 과거의 나에게 평생을 "왜 그랬니?" 하고 물었을 것이다. 나는 그 질문 대신에 "그랬을 수도 있었겠다"라고 수십 번을 중얼거리며 글을 썼다. 글을 마친 지금, 왜 그랬는지 묻는다면 그저 나의 부족함 때문이라고 담담하게 말할 수 있다.

나의 해외생활은 완벽함을 갖추고 있지 않아 누군가에게 본보기가 될 순 없다. 순탄함으로 자연스러운 순서나 과정을 밟았다고 하기엔 결과물이 턱없이 온전치 못하다. 누군가보다 유럽과 북미에서의 생활을 다소 오래 했고 그 경험이 다양할지는 모르나, 앞에 서서 목소리를 높일 정도는 아니다.

이방인으로 살아가는 많은 사람들 중에서 나라는 한 사람의 이야기다. 그것도 수많은 경험 중 몇 가지만을 담았다. 지극히 개인적인 것들이기에 용기가 필요했다. 감추고 싶은 부끄러움보다, 너무나 사소한 것들에서 오는 초라함이 담겼기에 쓰는 동안 여러 번 흔들렸다. 그럴 때마다 고마운 이들과 사랑하는 이들을 떠올렸다. 그들을 글에 담아 빚진 모든 것의 하나만이라도 갚고 싶었다.

해외생활 중에 늘 한결같이 응원해 준 Vaihingen의 K와 R을 비롯한 모든 친구들에게 고마움을 전한다. 이 글이 한국어로 전해지더래도 모두 나를 아끼는 마음으로 읽어 낼 거라는 믿음이 있다. 긴 시간 동안 성공이나 결과를 재촉하지 않고 나를 뒷받침해 준 가족들에게도 이 책으로 조금은 그 빚을 갚을 수 있으면 좋겠다. 그리고 내가 늦게 돌아온 것을 탓하지 않게 모두 아프지 않았으면 좋겠다. 나는 염치없이 부탁을 또 하고 만다.

마지막으로 특히 고마운 이들이 있다. 늘 내 글을 가장 먼저 읽어 주는 남편과 아직 기저귀를 차고 자전거를 타며 콧노래를 부르는 아이에게 감사하다. 아이를 볼 때마다 나는 또 엄마가 생각난다. 돌아온 내 나라에서 전한다. Thank you. Danke Ihnen. 모두 고맙습니다.

해외생활들

초판 1쇄 인쇄 2022년 6월 25일
초판 1쇄 발행 2022년 7월 8일

글 이보현
펴낸이 홍지애
펴낸곳 꿈꾸는인생
주소 서울 마포구 월드컵북로 400 2층
전화 070-4046-2371
팩스 02-6008-4874
이메일 lifewithdream@naver.com

ⓒ 꿈꾸는인생, 2022

979-11-91018-19-6 (04810)
979-11-91018-04-2 (세트)